リサ・マリー・ライス／著
上中 京／訳

シチリアの獅子に抱かれて
The Italian

扶桑社ロマンス
1421

シチリアの獅子に抱かれて

登場人物

ジェイミー・マッキンタイヤ――シチリアのパレルモ市を訪問中のアメリカ人商業デザイナー

ステファノ・レオーネ――マフィア撲滅に命を懸けるパレルモ判事

ブザンカ警部補――ステファノの警護担当官

サルバトーレ・セラ――マフィア組織のボス

ハーラン・ノリス教授――ジェイミーの祖父で、ステファノの恩師

1

「何て見事なの」ジェイミー・マッキンタイヤは、うっとりとため息を吐《つ》いた。全身が黄褐色の獅子《ライオン》は優美かつ危険な気配を漂わせ、猛々《たけだけ》しい琥珀《こはく》の瞳《ひとみ》でこちらを見つめている。大きく開いた口と鋭い眼差し、さらには顔の周囲の金色のたてがみが、猛獣の不穏な雰囲気を強調している。ジェイミーはどきどきしながら、堂々たるライオンが描かれたモザイク画の下をゆっくりと何度も回った。牙《きば》から房《ふさ》のある尻尾《しっぽ》まで、ライオンはゆうに一メーター半はある。男性的な荒々しさの象徴であるこのモザイク画は、八百年前に造られたのと変わらず今なお危険なオーラを放ち続けている。

ライオンは、神聖ローマ皇帝フリードリヒ二世の墓所の守護の役割をになっている。モザイク画の写真なら美術の書物でジェイミーも何度となく見ていた。しかし実物のすばらしさは想像をはるかに超えるものだった。ジェイミーが六千五百キロの距離をはるばるイタリア、パレルモまでやって来た理由は、このノルマン王宮のパラティナ礼拝堂の天井部分から来訪者をにらみ下ろすモザイク画を模写するためだったのだ。

その日は、礼拝堂を訪れる観光客も少なく、ジェイミーは午後のほとんどの時間をひとりで過ごすことができた。日没までに輪郭だけでもライオンの姿を描き留めておこうと、過去数世紀にもわたる栄光と血塗られた歴史に満ちた部屋に留まり、スケッチブックの上で懸命に手を動かしてきたが、そろそろ光が弱くなってきている。

彼女は黙々とモザイク画をスケッチし続けた。やがて午後じゅう金色の東壁を白く照らしていた太陽もまったく部屋に射し込まなくなった頃、模写は終わった。彼女のスケッチブックには、ライオンがモザイク画と同じように堂々とした姿で写し取られていたのだった。

大気はねっとりとして暑かった。一週間前にジェイミーがこのパレルモに到着して以来、酷暑が続いていた。彼女はアメリカ北東部の出身だが、その割には不思議と暑さには強かった。パレルモ市内にはエアコンの効いた建物などほとんどない。それでも苦にはならなかった。体にまとわりつく熱が、官能をくすぐる気がした。彼女は日に日に薄着になっていき、今日はサンドレス一枚を着ただけだった。体を覆うコットン生地はゆったりしていて風通しがよく、ドレスの下はパンティだけだ。風を感じる脚が涼しく、異国の香が漂う狭い路地に入ると、裸で歩いているような錯覚に陥る。

パレルモはかつてアラブ都市だったこともあり、男性たちは女性の存在というものを強く意識する。夕方になると日中の猛暑もいくらか落ち着き、ジェイミーは屋外に出て、旧市街をそぞろ歩く。すると黒い瞳の男性たちが道行く自分の姿を見つめる。このドレスの下がほとんど裸だと、この男性たちは知らないんだわ、そう考えると何だかぞくぞくして楽しい。

今日の午後はスケッチがはかどった。作業の進み具合に満足して、彼女は出口へ向かった。頭上に高いアーチのある通路を抜け、堂々とした儀式用の階段を下りて行く。踏板部分の奥行の割に段が低いのは、回廊につながる上層の部屋へ馬に乗ったまま上がって行くためである。

ここに通い始めて一週間、ジェイミーは守衛とも顔見知りになっていた。今日も同じぐらいの時刻に帰って行く彼女に、守衛が笑顔で頭を下げる。尊敬をこめた彼らの態度に接して、ジェイミーは女王のような気分になった。「よい夜を《ボナ・セーラ》」と会釈をして、王宮の正面へと出る。

ヤシの木に囲まれた広場に立つと、名残り惜しくてまた振り返ってしまう。そしていつものことながら王宮の建物の外観に興奮を覚える。沈みゆく太陽が金色の建物をまばゆく輝かせ、その光がまたヤシの葉に反射する。そろそろ鳥たちが巣に帰る時間だ。何千羽というツバメが金赤に染まった空の上で輪を描いている。

ジェイミーはぶらぶらと歩き、あちこちの店に立ち寄った。ピリッと香辛料の効いたナス料理のカポナータが気に入ったので、今夜もそれをテイクアウトし、皮がぱりぱりのパン、シチリア産白ワインのドゥーカ・ディ・サラパルータも購入する。誰にも邪魔されず、アパートメントの三階にある部屋のベランダから近所の様子を眺めながら夕食を楽しもう。外では人々が喧嘩《けんか》をしたり、恋の駆け引きをしたり、噂話《うわさ》に花を咲かせたりしているのだが、それらがすべて大声で筒抜けに聞こえてくる。地元のテレビを見るよりははるかに面白い。

アパートメントはヴィア・コスタンツァ地区にある。昔ながらの真鍮《しんちゆう》の鍵《かぎ》を回し、さまざまな彫刻が施された扉を押して自分の住居に入る。玄関ホールは暗く、古い木材と艶出《つやだ》し用のレモンの匂《にお》いがする。さらにかすかに漂うのは、八十歳になるここの大家の老婦人が、タンスの引き出しすべてに置いた小袋入りのラベンダーの香。自分のアパートメントに入ると窓の鎧戸《よろいど》すべてとベランダに通じる観音開きのガラス戸を開ける。ベランダはジェイミーが借りた部分全体を取り巻くように設置されている。ドアや窓は朝まで開けたままだ。夜風が入って少しは涼しくなる。

アパートメントに帰り着いたこの瞬間が、いちばんお気に入りのとき、と言いたいところだが、実際はどの時間も気に入っている。

夜明けもきれいだ。ここでは夜はゆっくりと明けていく。最初に教会の丸屋根の尖《せん》塔《とう》部分が、次に全体が輝き始め、徐々に空全体に光が広がっていく。昼間は夏の暑さのせいで、誰もが土壁の内側へと避難している。通りを歩くのはジェイミーと数匹の野良犬ぐらいだ。そして午後の遅い時間、突然すべてがシエスタから目覚める。その瞬間はまさに魔法の呪文《じゅもん》が解けたかのように感じる。そして数分のうちに喧噪《けんそう》に満ちたにぎやかな街が戻ってくる。

やれやれ。こんなことばかり考えて、大事なことを先送りにしてはいられない。仕事を兼ねた休日としてのシチリア滞在は、何もかもが完璧《かんぺき》だった。ただ唯一計画どおりにならないのが、この〝大事なこと〟だ。年代ものの衣装タンスの上に置いたきれいな包みを恨めしそうに見て、ジェイミーはため息を吐いた。タンスの上部の壁には、大家の老婦人の祖母だとかいう女性のいかめしい肖像画がかけてある。

あの包みさえなければ、とジェイミーは思った。これを届けようとして、どれほど無駄な時間を費やしただろう。受取人として指定された男性と連絡を取ることさえ不可能に思え、苛立《いらだ》ちが募る。これを届けてくれと頼んだのが最愛のおじいちゃんでなければ、とっくにあきらめていたところだ。

ジェイミーはコルヴィ社の白ワインをグラスに注ぎ、脚《ステム》の部分をはさんで窓辺で光にかざしてみた。沈む太陽がワインを輝かせ、金色に染める。太陽と歓喜をそこに凝縮したような味だった。グラスの半分を飲み干すと、彼女はほうっと息を漏らした。

目的だったライオンのうち、一頭は退治した。残るはあと一頭。

ステファノ・レオーネだ。

ジェイミーが夏の休暇を利用してシチリアに行く予定を祖父に伝えると、それならパレルモに住む友人に渡してきてくれ、と贈りものを託された。祖父はハーバード大学で国際法を教えており、ステファノ・レオーネ氏は以前、祖父の夏期講習を受講した教え子だった。祖父は成績優秀な学生とはずっと連絡を取り合うのが常で、レオーネ氏は中でもとびきり優秀だったらしい。

何年ものあいだ、ジェイミーは祖父の教え子たちを大勢見てきた。学生たちはそろいもそろって頭でっかちのガリ勉タイプで、卒業と同時に似合わないスーツに身を包む堅苦しい社会人になる。ジェイミーとしてはそんな男性と会いたくなかった。ハーバード法科大学院《ロースクール》の卒業生に会うことに何の魅力も感じないが、祖父のたっての頼みとあれば、ジェイミーは燃える石炭の上でも裸足《はだし》で歩く。だから、やりたいことリストの最下位にくることでもできるだけの努力はしてみるつもりだ。

ステファノ・レオーネという男性は、パレルモ一謎《なぞ》の多い人物だった。

祖父は、レオーネ氏のパレルノでの住所を知らなかった。彼は三年前に故郷のミラノからシチリア島随一の都市、パレルモに転勤になったそうだ。

レオーネ氏は法律家、祖父の話では検事らしい。パレルモ市の電話帳に彼の番号は掲載されていなかった。そこでジェイミーはパレルモ高等裁判所に電話をかけたが、これまでは決まって、延々といろんな部署をたらい回しにされるだけだった。

また嫌な気分にさせられるのだろうな、と思いながら、ジェイミーは受話器を手にした。ルイ十六世風とでもいうのか、ロココ調の部屋に、冷たいメタリックカラーのコードレスフォンがまるでそぐわない。

電話をかけるのはこれで八回目なので、番号はそらんじている。ステファノ・レオーネと連絡を取るために裁判所に電話をするのが正しい手段なのかどうかもわからないが、他に捜す方法を思いつかなかった。

「もしもし《フロント》?」耳障りな声が応答し、ジェイミーは、あーあ、また新しい声だと思った。電話をするたびに違う人物が応答する。毎回強いシチリア訛《なま》りのある男性の声で、ほとんど何を言っているのか理解できない場合が多い。彼女はミドルベリー・カレッジ(アメリカ・バーモント州にある少数精鋭の最難関校)でイタリア北部トスカーナ出身のエレガントな教授からイタリア語を学んだのだが、とても同じ言語とは思えないぐらいだ。

「もしもし」ゆっくり、きちんと発音しながらジェイミーはイタリア語で説明した。

「ステファノ・レオーネさんをお願いします」

「お待ちください」これはいつものことだ。また別の声に引き継がれるだけ。これまでに二度、かなり厳しい調子で電話の目的を詰問されたこともあった。不審人物として尋問されているような気がした。その際はできるかぎり丁寧に、私はジェイムズではなくジェイミーで、これは英語では女性の名前だと説明した。マッキンタイヤという姓を何度もアルファベットでつづった。

そのとき彼女は、はっとした。ああ、そうだったのか。自分の頭を引っぱたきたい気がする。ステファノ・レオーネの職場がここであることを否定する者は、これまで誰もいなかった。要はジェイミーの電話を彼に取り次いでもらえないだけなのだ。彼がマッキンタイヤという人物に心当たりがないからだ。無理もない。祖父は母の父であり、自分とは苗字《みょうじ》が異なっている。

「プロント」

また別の人に電話がつながった。これまでと同じ話をするのではなく、ジェイミーは言い方を変えた。「私はハーバード大学のハーラン・ノリス教授の代理の者です。

ステファノ・レオーネさんをお願いしたいのですが」

　返答はない。電話の向こうでかちっとスイッチが切り替わる音、そしてもういちど、かちっ。かすかに雑音も聞こえ、電話がつながったままだとわかる。

　また機械音がした。そしてさらなる新しい声。

　しかし、今度は力強くて、これまでとはまるで異なる声だった。

「あなたは誰だ？」

　ジェイミーは、はっと背筋を伸ばした。声が英語で応答してくる。低音でハスキーな声。ジェイミーの体をぞくっと興奮が駆け抜けた。

「誰なんだ？」声がなおも要求する。

　なるほど、この人が英語を理解できるのなら、自分もイタリア語を使う必要はないわけだ。これで事情をすっかりわかってもらえるはず。

「私はジェイミー・マッキンタイヤという者で、ハーバード大学教授ハーラン・ノリスの孫です。祖父の代理としてステファノ・レオーネさんとお会いしたいのです。レオーネさんは十五年前、ノリス教授の夏期講習を受講されました。今回、私は自分の研究のために休暇を兼ねてパレルモを訪れることになり、祖父からレオーネさんへの贈りものを預かってきました。ただその贈りものをお渡しするだけでいいのです。レオーネさんの連絡先さえ教えてくだされば、私のほうで――」

「ステファノ・レオーネ本人だ」太い声が告げた。

「あら」ジェイミーはびっくりした。一般的なおじいちゃんの教え子とは、まったく違った話し方だった。声を聞くかぎり、勉強ばかりしてきたひ弱な男という印象はまったくなかった。堅苦しくスーツを着たお役所勤めの人の話し方ですらない。神様と話しているような威厳を感じてしまう。「わかりました。では、お渡しする品をどこに持って行けばいいかだけ、教えていただけますか？　私と会ってくださる時間はないでしょうから、誰かに預けておき――」

「パレルモ市内のどこに滞在している？」ジェイミーがまだ話し終わっていないことなどまるでお構いなしに、彼がたずねた。

「え、あの……」彼が性犯罪者だとか連続殺人犯だったらどうしよう、と一瞬言葉に詰まったジェイミーだったが、すぐに思い直した。そんな危険な人物を捜し出してくれと、おじいちゃんが自分に頼むはずがない。「ヴィア・コスタンツァの二十四番です。近くに――」

「場所はわかっている。何階だ？」

今度はさっき以上にためらいを感じて返答するまで若干の間があいた。「三階です」

「大家の苗字は？」

どうしてそんなことまで私が伝えなければならないのだろう？　「失礼ですが、レオーネさん、私はただ品物を――」

「そちらの表札には何と書かれているかを知りたい」低い声はやさしく聞こえるが、実際には鋼鉄のような強い意志がこめられた命令だった。

抵抗しても無駄だ。「ランディです」

「三十分以内に、男性が三名、君を迎えにそちらに行く。三人とも警察の人間で、名前はブザンカ、ボニファシオ、デラ＝トーレだ。身分証明書を携行しているからきちんと確認するように。その後、三人について来い」

「え、ちょっと待って」ジェイミーの声に怒りがにじむ。「どうしてついて来い？　私がついて行かなきゃ――」

ツーと不快な機械音が聞こえた。彼が電話を切ったのだ。

一方的に話を終わらされた！

まったくもう。ジェイミーはぼう然と受話器を見つめた。ハーバードの卒業生は、実社会に出たあとのどこかのプロセスで正気を失うのだろうか？

三十分後に人をよこす、と彼は言っていた。そんな短時間で人の手配ができるとも思えないが、彼の口調には本当に実行するつもりだという意志が感じ取れた。

最後にもういちどカポナータを見る。もったいないが仕方ない。ジェイミーは急いでパンを薄く切り、その上にゴート・チーズを載せて頰張《ほおば》ると、ワインで喉《のど》の奥へ流し込んだ。

大学ではトイレと洗面所は共用だったので、大急ぎで体を洗ってシャンプーする技なら身につけている。夜が更けてくると気温も下がるだろうが、今のところはまだ暑く、肌にまとわりつくようなたくさんの布地を身に着けたくない。シルクのタンクトップとコットン・パンツだけにしようと決めた。

電話を切って二十九分後に、呼び鈴が鳴った。のぞき穴から来訪者を確認する。ドアのすぐ前に男性が三名立っていた。軍服みたいなユニフォームを着て、かなりものものしい武装で身を固めている。

ジェイミーは一瞬ためらった。

おじいちゃんを信じるわよ、心で祖父に問いかけてから、ジェイミーはドアを開けた。

男性たちは迷彩服に実戦用のベレー帽をかぶっていて、いかにも精鋭部隊という感じだ。中でもいちばんのこわもての男性が一歩前に出る。「シニョリーナ・マッカテイロ？」

いや、マッカティロではない。が、まあ、似たようなものだ。

「ええ」

そこで命令が聞こえたかのように、三人の男性は一斉にポケットからイタリア共和国の五芒星《ごぼうせい》が付いた警察バッジを取り出した。それぞれの名前が、ブザンカ、ボニファシオ、デラ＝トーレと書かれている。ステファノ・レオーネが言っていたとおりだ。階級としては、三名のうち二名は巡査部長《ブリガディエリ》、もうひとりは警部補《マレシアロ》で、今話しているのがブザンカ警部補だ。「私たちに付いて来てください」

イタリアの警察機構がどうなっているのか、ジェイミーには見当もつかないものの、〝警部補〟という階級のほうが上のようだし、ブザンカが三名の中ではリーダーらしい。そこでジェイミーはブザンカに向かって質問した。

「行き先がどこか、教えてくれる？」

「だめです」

ジェイミーは一瞬その場に立ちつくし、さあ、どうする、と自分に問いかけた。三人の警察官は無言で、ジェイミーが次に何をするのかを見守っている。

「仕方ないわね」降参のしるしにため息を吐き、ジェイミーは祖父から預かった包みと自分のショルダーバッグを手にしてから、三人のところに戻った。「準備はできているわ。さっさと終わらせましょ。ただ、こういう扱いを受けるのは不快だし、私がそう感じていることを、レオーネさんに伝えてくれても構わないわ」

そのまま階段に向かおうとしていたジェイミーは、ブザンカ警部補にショルダーバッグを奪われてびっくりした。彼は乱暴に中身を確認している。

「ちょっと！」怒りで声が大きくなる。「何をするのよ！」止めようとしたのだが、警部補の確認作業はすでに終わっていた。てきぱきと手際よく、何も見落とさず、また個人的な興味のかけらも感じさせなかった。彼が目の前にバッグを差し出したので、ジェイミーはひったくるようにして取り戻した。携帯電話は返してもらえないらしく、彼が自分のポケットに入れる。激しい憤りであ然として声も出せずにいるジェイミーを冷たい眼差しで見ている。そのあとジェイミーの手から包みを取り、数度振ってから今度はラッピングペーパーを取り去り始めた。

信じられない。おじいちゃんのために、特別に自分で描いた図柄なのに。濃紺地に斜めに銀色の本が飛んでいるデザインだ。警部補の横っ面を引っぱたきたくなる衝動を、すうっと息を吸ってどうにか抑えた。彼はいかにも殺傷能力の高そうな銃身の短い黒い銃を腰のホルスターからぶら下げている。あの銃さえなければ、殴りかかっているところだ。

「あのね、言っときますけど——ちょっと、待ちなさいよ——」

中から本が出てきた。警部補はページをめくって本の中身まで調べる。そして本をまたラッピングペーパーに戻した。留めてあったテープまで同じ位置にして、丁寧に包み直している。完璧に元どおりにして本が戻されると、せっかくのラッピングが台無しだ、と文句を言うつもりだったジェイミーも、黙っているしかなかった。

警部補は無言で背を向けて歩き始めた。他の二人が、期待のこもった目つきでジェイミーを見る。やれやれ。彼女はあきらめて警部補のあとを歩いた。二人はジェイミーのすぐ後ろに、ぴたりとくっつくようにして歩く。

ところが車に乗り込む際に、ジェイミーはまた抵抗した。かなり強硬に。ウィンドウがスモークガラスで中がまるで見えない車になんか乗りたくない。確かに、〝イタリア国家警察〟という文字が車の両サイドに白で書いてあるものの、これまでに観たことのあるギャング映画の場面が次々に頭に浮かんでくる。ギャング映画には武装したこわもての男たちが出てくるが、そういう男たちの車に乗り込んだ登場人物は必ず危険な目に遭う。

開かれた助手席側のドアを前にして、ジェイミーは片手を車のルーフ部分に置き、足を止めた。どきどきしながらも、静かにたずねる。「私をどこに連れて行く気なの？」

「検事のところに」そっけないイタリア語の返答があった。

ジェイミーは車に乗り込んだ。

車での移動は、比較的短時間で済んだ。ただきわめて複雑なルートを通るので、出発してすぐにジェイミーは方向感覚を失った。やっと車が停まったときには、そこがどこかはさっぱり見当がつかなかった。警部補がまず降り、反対側に回って礼儀正しくジェイミーのためにドアを開けてくれた。ここに到着するまでに、守衛の立つ門を抜け、大理石の壁が美しい背の高い建物の周囲をぐるっと走り、建物の背後にあったアスファルト舗装の駐車場まで来たのだが、敷地内のあちこちで武装した警護官が警備しているところを見かけた。

建物に近づくと、その警護官がジェイミーのために扉を開いてくれた。

昼日なかで気温も上がっていたが、この建物にはどことなくひんやりした気配がある。無言で警戒を続ける武装警護官たちや内部の静謐《せいひつ》な空気に触れて、ジェイミーはつい身震いしてしまった。祖父からの依頼を実行するという責任感だけでここまで突き進んできたが、この男性たちがその気になれば、ジェイミーは何の抵抗もできないどころか、されるがまま、なすすべもない。

入口をまたぐとき、ジェイミーはまたためらった。内部は薄暗く、風通しも悪い。妙な予感を覚えて、全身の毛が逆立つ。武装した警護官が新たにやって来て、ジェイミーを金属探知機のあるところへ連れて行く。彼女はきびきびした足取りで探知機を通過し、ボディチェックをされても何の感情も見せなかった。

警護官が開いたままのエレベーターのドアを示すと、警護官二人がジェイミーの後ろに付いた。警護官と一緒に六階まで上がり、廊下に出る。何の音も聞こえない長い廊下は、ワット数の低い昔ながらの電球がいくつか床を照らしているだけで、革製品と紙と男性の匂いがした。廊下を進むと警護官のブーツが床を蹴《け》る音だけが大きく響く。やがて警護官が足を止め、その中のひとりがいちばん近いところにあるドアを示した。ジェイミーは前に出ると手を持ち上げた。横を見て確認すると、警護官がうなずいたので、上げた手でドアをノックした。

「入れ！」即座にイタリア語で返事があった。電話で聞いた、あの声だ。

なるほど、ついにステファノ・レオーネと会えるわけだ。

ジェイミーはドアを開け、黙って中に入った。部屋はクーラーが効いていた。

背後で、警護官のひとりが音もなくドアを閉めたのはわかったが、ジェイミーの意識はそちらには向いていなかった。室内にはほとんど装飾がないこと、床から天井まである書架にだけはたくさんの書物が収められていること、書架のてっぺんはあまりに高いところにあるので、暗くてよく見えないこと——そういった事実もはっきり認識したわけではない。

彼女は机の向こうに座る男性に意識を集中させていた。男性は、大きな木の机で書類を調べている。

最初に彼女の視界に入ったのは、男性の手だけだった。机に置かれたランプが円錐《えんすい》状の光を投げかけているため、手だけがよく見えた。あまり見かけない種類の手。大きくて分厚くて力強い——検事の手というよりは、闘う男の手だ。

その手の片方が伸びて、別の明かりのスイッチを入れた。ジェイミーはびくっとしてあとずさった。

男性が顔を上げる。「ミズ・マッキンタイヤ?」

ジェイミーはうなずいた。喉がつかえて、言葉が出てこない。

「俺に渡す品があるとかいう話だったが?」

その太い声には催眠術みたいな効果でもあるのか、ジェイミーはただうなずいた。声が出ない。

「渡す気なら、こっちに来てもらわないと」

ステファノ・レオーネが大きな背もたれのついた椅子《いす》から立ち上がる。ジェイミーは机へと進みながら、視線は彼に釘《くぎ》づけだった。近づいて来るステファノ・レオーネの姿を大きく開いた目で追う。彼は非常に背が高く、すっきりと整った顔立ちだ。しかし表情は厳しい。彼の暗い色の瞳を前にしてはごまかしは通用しないだろう。鼻筋はきれいに通っていて、先端がわし鼻ぎみになっている。高く突き出した頬骨、ふっくらと豊かな唇。これは生まれながらにして、他人に命令を下す男性の顔、皇帝の面立ちだ。

何て見事なの——ジェイミー・マッキンタイヤは、うっとりとため息を吐いた。

もしこの女性が自分を死への旅路に誘う役目をになって送られてきたのであれば、敵ながらあっぱれだと言うべきか、とステファノ・レオーネは思った。

敵とはすなわちサルバトーレ・セラのことで、地上でもっとも危険な男のひとりである。残忍でずる賢く、人間の弱みにどうつけ込めばいいかを熟知している。目の前の女性は、さながら歩く誘惑そのものだ。

2

ドアが開いて彼女が部屋に入って来る際、一瞬だが廊下の明かりが彼女を後ろから照らした。逆光で薄い生地のスラックスに覆われた女性の体がシルエットに浮き上がった。細くて長い脚、きれいにくびれたウエスト、やわらかな丸みを帯びたヒップ。そのあと女性が体の向きを変え、横顔の輪郭が見えた。ステファノは息をのんだ。女性の繊細な顎《あご》のラインが、母のお気に入りだったカメオのブローチに描かれている女性像と似ていたのだ。

離れたところからでも、彼女の匂《にお》いがわかる。香水のような強い匂いではなく、花の香りの石鹸《せっけん》とシャンプーと、女性特有の匂い。こんな匂いを嗅《か》ぐと気が散って仕方ない。

ステファノが厳重な警護対象者になって三年、その間一度も女性を抱いたことはない。実を言えば、女性の姿を見かけることさえほとんどない。彼はフロアの明かりをつけようと机の横にあるスイッチを入れた。女性がこちらへ歩いて来る。

彼はじっと動かずにいた。この女性は危ない。彼女のせいで命を落とす可能性もある。それほど美しい。

最初は黒髪だと思っていたのだが、近くで見ると赤毛だ。深い色味の赤で、全身の色の取り合わせも赤毛の人特有のものだ。透きとおるように真っ白な肌。軽やかな弧を描く眉《まゆ》は赤茶色、鮮やかな青緑の瞳《ひとみ》。猫の目だ。

ステファノは、自分の執務室の温度を低めに設定していた。廊下よりもだいぶ温度は低いはずだ。冷えた室内の空気の中で、女性の胸の頂が硬く尖《とが》っていくのがわかる。女性の乳房は小ぶりで形がよく、高い位置で丸く突き出している。その真ん中で頂が小さく硬くなっているのだ。

女性の体を覆っている服を頭の中で脱がしてみるのは、簡単だった。華奢《きゃしゃ》な骨格にクリームのような肌、ステファノの手を置けば彼の濃い色の肌が際立って見えるはず。これほど色の白い女性なら、胸の先端部も薄いピンク色だろう。口に含めば、クリームをかけた苺《いちご》みたいな味が……

ああ、困った！　三年間女性との関係を断ってきたステファノの体は、今になって独りぼっちで過ごした眠れぬ夜を思い出している。この女性は歩く誘惑みたいなもので、男を惑わす魅力にあふれ、男なら誰でも彼女の全身に手を這《は》わせてみたい、キスしてみたいと思う。

まさにそういう理由でサルバトーレ・セラはこの女性を選んだのかもしれない。ステファノを殺すためにこの女性が送り込まれた可能性もある。

もちろん、セラもこの場で殺せという命令は下していないだろう。セラは愚かな男ではない。絶対に。だから、今のところは心配はない。

ステファノの配下の特別班の者たちが、この女性の体を調べた。バッグに武器をしのばせてはいなかったし、贈りものの包みも無害なものだとわかった。力ではこの女性がステファノに勝てるはずがない。

物理的な力の強さが問題なのではない。この女性によって、ステファノはもっと間接的な危険にさらされる。集中できなくなれば、罠《わな》にかかった動物と同じだ。

ただ、それもいいかもしれないな、とステファノは思った。明かりは彼女の右側だけしか照らしていないが、それでも彼女が実に整った顔立ちであるのはわかる。完璧《かんぺき》と言えるほどの美しさに驚嘆するしかない。

「ミズ・マッキンタイヤ?」自分の口調が荒々しいのに、ステファノは気づいた。どんな男でも事実上の死刑宣告をされてから三年間生き延びたあとでは、こういう口調になるのだ。

「は、はい」女性がおずおずと答える。

この女性は怖がっているが、その不安を表に出さないようにがんばっている。女性の呼吸が速く、浅くなり、そのせいで美しい胸元が上下に揺れる。気をつけていないと、ついつい彼女の乳房に見とれてしまう。ただ彼は視界の隅でとらえた口の動きにもじゅうぶん注意を向けていた。不安のせいか、女性はふっくらした下唇を噛《か》んでいる。赤い口紅が落ち、さらに肉感的な色合いになった唇が見える。

突然ステファノの頭の中に、自分の唇で彼女の赤い口紅をこそげ落としている映像が浮かんだ。唇のあとは、シャツの布地をつんと押し上げるまでに硬くなった乳首の味を確かめよう。

その姿を想像した瞬間、ステファノの全身の血液が下腹部に集まった。

こんな状態になってしまったという事実に、ステファノは大きなショックを受けた。十二歳の少年でもあるまいし、女性が近くにいるだけで、あるいは女性のことを考えるだけで勃起《ぼっき》していたのでは、成熟した社会人として暮らしていけない。確かに女性と関係を持たない日が長く続きすぎたせいではあるが、それにしても……

セックスを餌《えさ》に男に近づくのは、昔からある手口だ。文献によれば、敵を欺く最古の戦術だともいう。さらに、現在でも実に有効な方法だ。以前、サルバトーレ・セラが、イタリアにおける犯罪組織の中でも特に凶暴と言われるンドランゲタと良好な関係を保つべく縄張りを整理しようと目論み、ンドランゲタの拠点であるカラブリアン州に交渉特使を派遣したことがあった。そのとき現地の魅力的な女性警察官がセラ側の特使の名前を探り出したのだが、彼女はただセックスをちらつかせただけだった。実際にベッドをともにする必要さえなかった。

セックスのせいで命を落とす男はたくさんいる。それを忘れるな、とステファノは自分の下半身に言い聞かせた。少しは効果があった。

この女性は数日前からしきりにステファノと連絡を取ろうとしてきた。特別班の者たちが彼女を遠ざけておいたのだが、今日になってハーラン・ノリス教授の名前を出してきたため、ステファノも女性と会う危険を冒すことを決めた。

確かにこの女性はびくびくしている。ステファノの身の安全を確保すべく警護している特別班の者たちの荒っぽい態度が恐ろしいのか。厳重に警備された場所に連れてこられ、周りを武装した警護官に囲まれるだけで不安になる人は珍しくない。あるいは、彼女の落ち着きのなさは、ステファノを死に誘い込もうとする危険な密命を帯びているせいかもしれない。サルバトーレ・セラのスパイであっても不思議はないのだ。

この女性がどれほど魅力的でも、ステファノは自分の体の欲求を抑えておかねばならない。特別班の者たちは命を賭《と》してステファノの身の安全を守ってくれている。彼らの信頼を裏切るわけにはいかない。

「お座りなさい、ミズ・マッキンタイヤ」彼女の苗字《みょうじ》を口にするとき、ステファノはつい苦笑してしまった。シチリア地方からほとんど出たこともない特別班の者たちにとって、〝マッキンタイヤ〟といういかにも英語圏の人名は珍しいだろうし、うまく発音できずにおかしな呼び方をしたはずだ。

とまどった様子を見せる彼女に、ステファノは権威をにじませて命令口調でもう一度言った。「座るんだ」

女性はステファノから視線を外そうともせず、手だけを動かして椅子《いす》の位置を確認し、腰を下ろした。さらにじっと彼の顔を見つめる。美しい瞳を見開き、指の関節が白くなるぐらいぎゅっとバッグと包みを握りしめている。

「その包みを俺に渡してくれるのではなかったのか?」

女性ははっと手元に視線を落とした。そこに包みがあることに初めて気づいたかのようだった。

「あ、ええ」つぶやく声がやさしく軽やかだ。わずかにあえぐようにして言葉を出し、顔を上げてほほえもうとする。「ごめんなさい」包みを渡してくれるとき、彼女の指がステファノの手に触れた。

彼はぐっと歯を食いしばった。思ったとおり、彼女の肌はやわらかい。いや、想像以上だ。こんなにやわらかなものに触れたのは、いったいいつ以来……ひょっとしたら初めてかもしれない。彼が生きる世界は鉄の檻《おり》に囲まれ、さらにその周囲には鋼鉄のような男たちがいる。その世界にやわなものなどいっさいない。すべてが鋭く尖っていて、さわると怪我をする。

ステファノは椅子に戻って包みを開けた。爆弾でないのはわかっている。ブザンカは爆発物の専門家で、これまでにステファノに送られてきた爆弾の起爆装置を解除したことが二度ある。ブザンカが調べたのであれば爆発物ではあり得ない。

これが本当にハーラン・ノリス教授からのものだとしたら、中身が何かは決まっている。懐かしい恩師がステファノにくれるものはひとつしかない。

ゆっくりとラッピングペーパーをはがしていく。長年、感情を表に出さないように努力してきたので、珍しい模様の紙を開いていくときでも無表情のままだった。しかし、本当にきれいなラッピングペーパーだ。

さらに中から本が出てきたときには、歓喜の気持ちを出さないでおくために必死だった。手にした本を見下ろす。アイザック・アシモフの「ファウンデーション」シリーズ三部作の初版本だった。

思い返してみても、自分が子どもの頃古典SFに夢中だった、と打ち明けた相手は地球上にノリス教授しかいないはずだ。とりわけ昔からアシモフの作品は大好きだった。

今のステファノが読まなければならないのは、ケイマン諸島にある銀行の二〇〇ページにも及ぶ取引明細だ。この銀行を、セラはドラッグ取引での儲《もう》けをマネー・ロンダリングする目的で利用しているのだ。他にも数百ページ分の報告書に目を通さなければならない。こちらは、情報提供者となった元マフィアの一員だった男の証言をまとめたものだった。

この三年間、ステファノはサルバトーレ・セラの逮捕や告発にかかわる書類しか読んでいなかった。しかし今夜は違う。星のかなたで人類がどんな運命に遭遇するかを描いた話にわくわくしながら時間を忘れよう。

はっきりわかった。断言できる。この本はノリス教授からの贈りものだ。

しかし、この女性はどうなのだろう？

「実にありがたいな。おじいさんによろしく伝えておいてくれ」そう言いながら、ステファノは女性の様子を注意深く見守った。「俺がSF好きなのを、ノリス教授は覚えていたんだな。俺からも教授に何かお返しがしたいので、君が帰国するまでにプレゼントを捜しておく。教授はまだ煙管《キセル》を蒐集《しゅうしゅう》しているのか？」

女性が考え込み、すべすべの額に縦じわができた。さらに前かがみになったので、ゆったりしたシルクのタンクトップの襟ぐりが下がり、きれいな鎖骨と真っ白の首筋、さらには胸のふくらみの上部までが見えた。あまりに誘惑が強くて、もっとよく見たくなった。ステファノはつい前のめりになった上体を懸命に元へ戻した。

「せっかくですけど、レオーネさん、いえ、レオーネ検事」またやさしい声だ。「少々勘違いされているのではありませんか？　祖父が集めているのはパイプです」彼女は鼻にしわを寄せてわざと渋い表情を作り、そのあとほほえむ。「使い込まれていで、臭《にお》いのきついものほど好きなんです」

「そのとおり。ノリス教授はパイプを蒐集していて、使い込まれた臭《くさ》いパイプが好きなのだ。

そのとき彼女がさっと頭を上げ、顔の上部が明かりに照らされた。

ステファノはいっきに十五年前に戻った気がした。ハーバード大学の近くの住宅地、やわらかな照明、心地よい書斎。伝統的なケープ・コッド・スタイルのノリス教授の自宅に招かれ、何度となく楽しい夕べを過ごした。

教授の家政婦がアメリカでも比較的まともな食事を用意してくれたものだ。夕食後は、教授の書斎ですばらしいコニャックと禁輸品のキューバ葉巻を楽しんだ。二人はありとあらゆる話題について意見を闘わせた。

ある夜、ふと銀製の額に飾られたおてんば少女の写真がステファノの目を引いた。やせっぽちで、にんじんみたいなオレンジ色の髪、そして歯列矯正《きょうせい》のブリッジがひどく目立つ子だった。「孫娘だよ」教授が自慢げに言った。

「あ、その……かわいい子だな」礼儀上、そう言うしかなかった。

教授は面白がるような顔で、ステファノを見た。「今はお世辞にもかわいいとは言えないがね。嘘《うそ》をつかなくてもいいさ。しかしこの子は美人になるぞ。必ずだ。覚えておきたまえ。ほら、ここにほくろがあるだろ？」教授が少女の左頬《ほほ》を指差した。

「はい」ステファノは余計なことを言わないように気をつけた。

「これはフランスでは〝美人ぼくろ〟と呼ばれるんだ。間違いないよ、今にこの子は、街行く男たちが振り向く美人になる」

ステファノは適当な相槌《あいづち》を打って、その後話題は新たに発効となった『海洋法に関する国際連合条約』に移った。

ジェイミー・マッキンタイヤと名乗るこの女性には左の頬骨に小さなほくろがある。フランスで〝美人ぼくろ〟と呼ばれるものが。

つまりこの女性はハーラン・ノリスの孫娘だ。

ステファノは椅子にもたれかかり、リラックスした。完全に力を抜いたのは三年ぶりだった。そもそも美しい女性と二人で同じ部屋にいるのも久しぶりだ。この厳しい三年の月日のあいだ、女性と一緒に時間を過ごす贅沢《ぜいたく》などとうてい許されなかった。自分を見失わないようにするだけで精一杯だった。

その結果、自分はどうなった？　パレルモにやって来るまでの彼は、洗練された都会の男だと自負していた。教養の高い文化人だと。サルバトーレ・セラの捜査の指揮をまかされるまでは、きれいな女性の扱いは心得ているつもりだった。女性を怯《おび》えさせるようなまねはしたことがなかった。

この三年のあいだのどこかで、ステファノは原始人にまで退化してしまった。いや、そうなることを自分で選んだのかもしれない。狩に夢中になると、人は追っていた獲物といつしか同化し、自らもまた野獣に身を落としてしまう。彼が追っているのは、非常に獰猛《どうもう》な男だ。そのため身につけていた教養は徐々にはがれ落ちて、残ったのは野性の力だけになっていたのだ。何としてもセラを捕らえるのだ、という強い意志と、自分のために命がけで盾となってくれる特別班の者たちを絶対に裏切れない、という決意だけが今の彼を支えている。美しい女性への対応方法はすっかり忘れていた。

しかも彼女はただの美女ではない。恩師の孫娘なのだ。寛大な心で、礼を尽くし、国際法の基礎をしっかりとステファノに教えてくれた一流の教授の最愛の孫。しかもすばらしい贈りものまで届けてくれた。そのお返しにステファノがしたことは、通常の犯罪者への対応と変わらない扱いだった。

よし、今からでも遅くない。埋め合わせをしよう。

時計を見たステファノはびっくりした。これは参った。今夜はもう遅すぎる。それにタレこみ屋と会う約束もある。セラの隠れ場所を話してくれる人物がいて、その人物が誰かという情報を持っている、という話だった。人間の卑しさを思い知らされるような相手と会うのは、今に始まったことではないが、つくづく嫌になるし、苛々する。それでも約束は守らねばならない。人間のクズのようなやつと千人会って、その全員がクズ情報をもたらすだけだったとしても、千一人目に貴重な情報をもたらす者が出てくる可能性はある。その情報が長年の宿敵の逮捕につながるかもしれない。

「謝罪しなければならないね。非常に悪い印象を与えたのは間違いないな。君に対する特別班の者の扱いはひどいものだったはずだ。心からお詫《わ》びする」

彼女がまた眉根を寄せる。「ひどい扱いを受けたわけではありませんよ、レオーネ検事」

「ステファノと呼んでもらいたい」

「ステファノ」やさしい声が響いた。

彼女がほほえみ、ステファノはどきっとした。女性の笑顔が自分の心拍数に影響を与えるという驚くべき現象について、彼女が帰ったあとでじっくり考えてみよう。しかし今はホルモンが思考を邪魔して、何も考えられない。

笑顔になると彼女の印象ががらっと変わった。彫像のような完璧な美しさから、生身の温かな女性になった。まぶしいぐらい鮮やかな瞳はやさしい色になり、頬骨の形から鋭さが消える。そしてステファノはふと気づいた。普段の彼女は、いつもこういう表情をしているのだ。にこにこして温かみのある顔。

彼女はあたりを見回した。ここが機能的だが殺風景で、法律書や書類が山積みされているだけの執務室だとわかったのだろう。彼女がそのまま視線をステファノに戻し、彼は心を射抜かれたようにどきっとした。「これほど警備を厳重にするとは、ずいぶん危険な人たちを相手にしているのね」

否定するのも無駄なので、ステファノは何も言わなかった。言えなかった、というほうが正しい。彼はただうなずいた。

「これまでに何人かの勇敢な検事がこのパレルモで殺されたと聞いたわ。あなたが無事でいられるのも、あなたが指揮する特別班の方たちが立派に職務を果たしてきたからでしょ？　よかったわ」

特別班。その言葉にステファノは現実に戻った。「ところでミズ・マッキンタイヤ、そもそもパレルモにはどういう目的で滞在しているんです？」

「私のこともどうかジェイミーと呼んでちょうだい。もちろんあなたの『マッキンタイヤ』の発音は完璧だけど。こちらの方には難しい発音らしくて、ずいぶんいろいろな呼び方をされるの」

「ではジェイミー、何のためにここに来たんだ？」

「電話でもお話ししたはずなんだけど、休暇を利用してデザインのヒントを得ようと思ったからよ。私はデザイナーで、パレルモには私の感性を刺激するものがあるような気がしたから。美術と歴史を専攻していたので、この町の建築物には以前から興味があった。ムーア王国調とロマネスク様式とバロック様式の不思議な融合が見られる町だわ。ここに来たらすばらしいデザインのアイデアが浮かぶだろうと期待していたんだけど、予想どおりだった。本当に美しい都市だわ」

「うむ」肯定とも否定とも受け取れる返事をする。防弾機能のあるスモークガラス越しにしか市内を見たことがないのだ。「何をデザインするんだ?」

「商業デザインというか、まあいろんなものよ」本の包みを示す。「たとえば、そのラッピングペーパーも私がデザインしたの」

彼は紙を手に取り、光沢のある紙を裏返した。「きれいだ」

「ありがとう」それから彼女は無言になり、ステファノも何も言わなかった。彼女の肌が淡く光を帯び、海中の真珠のように見える。彼は彼女の目をじっと見ていた。隣の部屋で爆発でも起こらないかぎり、目を離せそうにない。

そのとき遠慮がちなノックの音が聞こえ、ステファノは我に返った。

「時間だな」申し訳なさそうなふりをする必要さえない。この魅力的な若い女性が目の前からいなくなってしまうと思うだけで、残念で仕方ない。「だが、明日の夜、夕食を一緒にしてもらえるのであれば、身に余る光栄だ」彼女にほほえみかけ、自分がまだほほえむ方法を知っていたという事実に驚いた。ほほえんだのはいつ以来のことだろう?

「すてき。ええ、ぜひ」

ステファノは自分の机を回って彼女の横に立ち、彼女が立ち上がるのを待った。そして彼女の背中に手を添えて、ドアまで案内した。

紳士としての振る舞いは、母に厳しく教え込まれた。女性より先に立ち上がること、ドアは開いて女性を先に通すこと、案内するときは女性の肘《ひじ》をやさしく下から支えること。すべて母の教えどおりだが、背中に添えた手は紳士としてのマナーとはいっさい関係がない。彼女に触れたかった——触れずにはいられなかったからだ。机からドアまでの距離は思ったより短かった。

ドアの前で二人は足を止めた。明かりがここへは届かず彼女の表情まではわからない。瞳の輝きがかすかに感じられるだけ。部屋は静寂に包まれ、彼女の呼吸音まで聞こえる。そして彼自身の息の音。

ステファノはゆっくりと彼女の手を取り、自分の口元へと持っていった。むやみに女性の手にキスしてはいけないとはわかっていても、唇で彼女の肌を感じたいという衝動があまりに強かった。やわらかで、しっとりした肌を感じ、唇を離せなくなる。彼は親指で彼女の手の甲を撫《な》でてから、渋々唇を離してドアを開けた。

ブザンカが目の前にいた。またノックしようと手を上げたところだった。

「ブザンカ」ジェイミーの目を見たまま命令する。「シニョリーナ・マッキンタイヤを滞在先まで無事に送り届けろ。くれぐれも間違いのないようにな」

ブザンカが敬礼した。「はい、了解いたしました」

もう大丈夫。彼女は間違いなくアパートメントに送り届けられる。

ステファノは彼女を見下ろしてほほえみかけた。「では明日の夜、また」

彼のやさしい口調に、ジェイミーがふっと息を吸いこんだ。胸が少し持ち上がる。

「ええ」

廊下を去る二人の後ろ姿を、ステファノは見送った。彼が世界一信頼する男と、これまでに会った中で最高に魅力的な女性。

そのとき突然、彼の目の前に予知夢のような映像が浮かんだ。

ステファノ・レオーネが、白昼夢でぼう然自失になることなど、考えられない。彼を知る人なら誰もが、そんなばかな、と苦笑するだろう。ステファノは現実主義者で、法律家だ。法律家は予知能力など信じない。ただ、何かの間違いで生まれつき備わっていた予知能力が突然開花したのか、あるいは欲望のあまりに妄想が浮かんだだけなのか、とにかく現実とは異なるできごとが彼の頭の中で映像として広がったのだ。

この場所とは違う廊下を彼女が歩いて行くところが見える。彼女は全裸で、笑いながら前を歩き、からかうように後ろにいる彼のほうを振り向く。彼女の裸の後ろ姿がステファノの欲望をかき立てる。ほっそりとしてしなやかな体、女性そのものの姿。すぐに追いついたステファノは、彼女を振り向かせ、自分の腕に抱き寄せる。彼女は笑いながら彼を見上げる。すぐさま行動に移した彼は彼女の唇を奪う。彼女は笑うのをやめ、彼に体を押しつける。下腹部から胸へと胴体がぴたりとくっつく。彼の手が彼女の体をまさぐり、彼女も自分に欲望を抱いているのかどうかを確かめる。彼女が濡《ぬ》れてすぐにでも自分を受け入れてくれるのがわかる。そう、いつもこうなのだ。以前も、今も。

彼の頭の血がいっきに下腹部に集まる。彼はうめき声を上げ、彼女は耳元で甘くあえぐ。もう何も考えられない。彼は夢中でズボンのジッパーを下ろし、彼女の両脚を持ち上げる。彼女の鼓動をむき出しの乳房の下に感じる。指で彼女の体を開かせ、そこに自分のものを突き入れると、彼女の心臓はさらにさらに大きな音を立てる。

彼女は熱く、濡れていて、よく締まる……ステファノのほうは震えていた。腰を引き、押し入れていたものがすべて外に出てしまう寸前で、また激しく突き立てる。彼女がさらに体を押しつけてくる。両脚で彼の体を近くへと引き寄せる。彼は何度も何度も腰全体で圧迫するように……

体から力が抜けていき、彼は動きを止めた。自分のものはまだ彼女の体に埋めたまま、彼女の白い首筋で唇を休める。彼女の腕が自分の体を引き寄せる。彼女の体の奥深くにあるものは石のように硬いのだが、全身の力が抜けていって体を支えていられない。

しなやかな彼女の肌を覆っていた手の片方を上げ、脇腹《わきばら》に触れてみる。ぬるぬるする。

手を上のほうに滑らせると、自分の肋骨《ろっこつ》のあいだから剣の柄《つか》が突き出ていた。刃先は彼の心臓を深く突き指している。どんどん血が流れ、自分の命は長くないことを彼は悟った。


「おやすみなさい」

ステファノは現実に引き戻された。

ジェイミー・マッキンタイヤはブザンカと一緒にエレベーターに乗り、ドアが閉まりかけていた。

ステファノは戸口に手を置いて体を支えた。何がどうなったのだろう？　息が荒く、汗をかいている。暗いせいで、ズボンの前がふくらんでいるのがわからないのが救いだ。

「おやすみなさい」ジェイミーがもういちど言った。やさしい声が遠くに聞こえる。

息が苦しい。音を立てて息を吸いこむと、かすれた声が荒っぽく響いた。

「おやすみ《ブオナ・ノッテ》」

3

ジェイミーにだって、これまでに男性から花を贈られた経験ぐらいある。しかし花が朝の八時に届けられたのは初めてだし、届けてくれたのが武装した警察官だったこともない。警察官は拳銃《けんじゅう》に加えてマシンガンまで携行していた。

昨夜はよく眠れなかった。パレルモに来てからこれまでずっと、ぐっすり眠れていたのに。不吉な夢を見た。闇《やみ》にぎらぎらと光る目が、ジェイミーを見ていた。夢にはいろいろな種類の剣やナイフが出てきた。ライオンもいた。目覚めると喉《のど》がからからで、心臓がどきどきした。鼓動がうるさいのかと思ったら、ドアを叩《たた》く音だった。

すぐにシルクの化粧着をはおり、裾《すそ》を素足にまとわりつかせながら、重い木の玄関ドアへと急いだ。その時間でも大気はねっとりと暑かった。

のぞき穴から確認してからドアを開けると、いかめしい顔つきの男性が重装備で立っていた。これから戦闘に向かいます、という格好に巨大な花束が不釣り合いで滑稽《こっけい》だった。バラ、アイリス、ユリ、カーネーションなどの香が、革と火薬の臭《にお》いを消している。派手な花束の向こうから、きりっとした黒い瞳《ひとみ》がのぞく。

ジェイミーはほほえんで、男性から巨大な花束を受け取った。

男性はブーツのかかとをかちっと合わせて、鋭い目つきでジェイミーを見るとさっと敬礼し、すぐに立ち去った。

分厚いクリーム色のメッセージカードが添えられていた。文章は簡潔で要点のみ。

『今夜八時に。迎えに来るのはブザンカ警部補』

黒いブロック体でステファノのイニシャルが〝SL〟とサインされていた。ディナーへの誘いというよりは、国王からの召喚状に近い。

ジェイミーは深く息を吸ってから部屋に花瓶がないか探した。このアパートメントは食器なども含めていっさいを家財道具付きで借りていたが、こんな巨大な花束を活けておけるような花器は用意されていなかった。結局、花瓶を五つ使った。それでも足りずに、ポットも数個使った。アパートメント全体が花でいっぱいになった。

やがて陽が高くなり、アパートメントを出る頃には、ジェイミーはむせ返るような花の香で酔いそうになっていた。

その日、時間の経過とともに期待がふくらんでいった。ジェイミーはずっと興奮状態だった。それでも当初の計画どおり、ヤシの古木と地中海オークの幹を覆いつくすブーゲンビリアをデッサンしようと植物園を訪れ、一日みっちり仕事をした。植物園は長年見捨てられていた、不思議な雰囲気のある場所だ。日中でも比較的涼しく、草いきれが心地よい。向こうに見える銀色に輝く海面が、色鮮やかなブーゲンビリアと好対照を成している。頭上のコバルトブルーの空と、遠くに聞こえるフォロ・イタリコ遊歩道からの楽しそうな人の声も、ジェイミーの創作意欲をかき立てた。

一日スケッチをしたのだが、いつの間にかステファノ・レオーネの姿を描いていたことに気づき、ジェイミーは仕事を切り上げることにした。丸いスポットライトの当たった彼が、剣を片手に立っている姿がスケッチブックに描かれている。どうしてこんな構図を思いついたのかがわからない。巨大なヤシの木を描くつもりだったのだ。ヤシの木のスケッチをベースに、バスルーム用の高級タイルをデザインするつもりでいた。金色と茶色のタイルのデザインがもう頭の中にでき上がっていたのだ。だがぼんやりしているうちに彼のことを考えてしまった。そこでスケッチに集中しようとしたら結局こんなものを描いていた。彼の力強い手が光の中で輝く剣を構えているところを、かなり詳細に描写してしまった。

この手のことはよく覚えている。ジェイミーが近づくのを見ているあいだ、彼はこの手を机の上に置いていた。そしてジェイミーの指をこの手で支え、甲にキスされた。部屋を出るときはこの手を背中に添えられ、その温かさを……

ああ、今も全身の毛が逆立つ。背中に添えられた彼の手の感触を思い出すと、どきどきしてしまう。今日はもうこれ以上、たいした仕事はできそうにない。ジェイミーはヤシの大木が影を作る錬鉄《れんてつ》製のベンチに腰を下ろし、ぼんやりと空想し始めた。

まともに目に射し込む陽光がまぶしく、ジェイミーは飛び起きた。植物園のベンチで、実際に眠ってしまったらしい。しかも夢までみた。またしても。燃える炎を宿す瞳の戦士が、剣を振りかざし、その刃が光を反射するところ。

おじいちゃんが語るステファノ・レオーネについての話に、もっとしっかり耳を傾けておけばよかった。おじいちゃんはいつまでも彼のことを話していた。法律家としての才能に恵まれた優秀な学生、と説明されて、つい堅苦しいスーツを着た退屈な男性のことを想像していた。どうしておじいちゃんは、ステファノ・レオーネが息をのむほどハンサムな男性だと説明するのを忘れたのだろう？　古代の金貨に彫られた皇帝みたいだと言っておいてくれればよかったのに。強烈なリーダーシップがあり、彼の命令には誰もが従い、強さのオーラが彼の周囲に磁場のように漂うのだ、と。

他におじいちゃんは何と言っていただろう？

ステファノは非常に裕福な家庭の出身だと、おじいちゃんは言っていた。彼の実家はばかばかしいぐらい高価なスポーツカーのエンジンを生産しており、ステファノの祖父の前の代あたりからその会社を家族で経営している。貴族の家柄、確か古い伯爵家の出身の令嬢を妻にしたが、ずいぶん前に離婚したんだよ、とおじいちゃんはウィンクした。パレルモ検事に任命されるずいぶん前に、彼は妻とは別れたらしい。パレルモ検事としての彼の仕事は、マフィアの大ボスを捕らえ、組織を壊滅させること。

彼が任命される前、このマフィア組織の捜査を担当していた警察幹部が爆弾で全身をばらばらに吹き飛ばされた。一方、後任は百万ユーロの賄賂《わいろ》を受け取ったとして起訴されていた。

つまりステファノは、清廉《せいれん》潔白だと認められているのだ。

情報としてはじゅうぶんとは言えないが、それでもステファノがすばらしい人物であることはわかる。賞賛すべき人。働かなくても優雅に暮らしていけるはずなのに、命の危険をも顧みず、正義を貫く道を選ぶ人。

ジェイミーの五感を敏感にさせる男性。

以前に読んだ雑誌記事に、ひと目ぼれの科学というものがあった。目と目が合い、指が触れた瞬間、体内にエンドルフィンが大量に放出される。手が汗ばみ、脈が速くなり、呼吸が乱れる。生化学反応だ。

途中まで読んだところで、別の記事に移った。無意味な内容だと思った。

間違っていた。無意味ではなかった。

ジェイミーはため息を吐《つ》いて立ち上がると、植物園を出た。門を出た瞬間、行き交う人の声や車のクラクションがうるさくて、びっくりした。一日ステファノのことを考えて過ごした。彼が古代の戦士になったところを思い描いた。しかし、彼はこの現代に生きる人間だ。石の大砲に歩兵ではなく、マシンガンと携帯電話を使う。力強くてたくましい、およそ法律家らしくない手は剣をかざすのではなく、コンピュータのキーボードの上を動くのだ。

アパートメントに戻った彼女は、祖父に電話をした。こちらで午後四時、つまりアメリカの東海岸では朝の八時だ。おじいちゃんは今頃どこで何をしているのだろう?

ジェイミーはほほえんだ。おそらく自慢のバラの手入れだろう。それとも書斎で、十七世紀のフランスの外交官の伝記でも読み解いているのか。他人から見たらおそろしく退屈な作業に見えるけれど。

呼び出し音が鳴り続ける。なるほど、庭に出ているということか。朝から家を空けることはめったにないから。ジェイミーは電話を切り、三十分後にまた電話した。どうしても祖父と話したかった。おじいちゃんは洞察力にすぐれているので、ジェイミーがステファノに関心を持ったこともすぐに知られてしまうだろう。それでもステファノに関する情報をできるだけ得ておきたいのだ。

だが、どうやら今日は無理らしい。祖父は電話には出てくれなかった。彼女は受話器を置いた。置くと同時に電話が鳴り、静かな部屋にけたたましくベルの音が響いた。

「もしもし?」

「今夜、着るものは?」ステファノ・レオーネの低音の声に、彼女の背骨から体の中心部まで鋭く震えが駆け抜けた。

「着るもの?」頭が真っ白になって何も考えられない。着るもの、って?「ああ」

祖父の声を聞くつもりでいたところに、突然彼の声を聞いたので気が動転していた。動悸《どうき》が激しい。

「それで?」

彼の口調から苛立《いらだ》ちは伝わってこなかったが、受話器の向こうで彼が不機嫌な顔で返事を待っている姿がジェイミーの頭に浮かんだ。

「緑よ」どうにか色だけを告げる。「緑のドレス」

「丈は短いのか、長いのか?」

まだ動揺していたジェイミーは素直に答えた。「短めよ。膝丈」

「では今夜」それだけ言うと、ステファノは電話を切った。

「あら、まあ」ふっと息を漏らし、ジェイミーは手にした受話器を見つめた。鼓動が落ち着くのを待ち、そのあと緑のドレスを捜し始めた。

＊＊＊

八時が永遠に来ないのではないかと思っているうちに、あっという間に八時になっていた。ジェイミーがマスカラを塗っているとき、呼び鈴が鳴った。急いで明かりをつけ、イブニング用のバッグを手にドアを開ける。

開けた瞬間、ジェイミーは大きく目を見開き、あとずさりをして、戸口から離れた。目の前に武装した男性が五人立っていた。全員、初めて見る顔だ。この一個連隊がジェイミーを迎えるために派遣されたのだ。

「シニョーラ」警察官のひとりが前に出た。バッグを調べるにあたり、ブーツのかかとを合わせ、かちっと音を立てたように思えた。バッグには携帯電話を入れなかった。前のときと同じように、どうせ没収されるに決まっている。

警察官はジェイミーと身長が同じぐらい、年齢もたいして変わらなかったが、老練で冷たい瞳の持ち主だった。鍵を預かりドアを閉めてくれたが、鍵を返すとき、ジェイミーに険しい顔を向けた。無言で、こんなちゃちな錠ではだめだ、と非難している。紳士としてのマナーから戸締まりを引き受けたわけではなかったらしい。彼はただ、このアパートメントのセキュリティを確認したかっただけなのだ。

全員が一団となって階段を下りた。武装した男たちの中心にジェイミーがいる。最後尾の二人は、銃を構えたまま後ろ向きに階段を下りている。段を下りきると、リーダー格の警察官が、さっと腕を出した。

すると物陰から緑のドレスを着た赤毛の女性が、警察官二人にともなわれて出て来た。三人は待たせてあった警察の車に飛び乗り、車はタイヤを軋《きし》らせて走り去った。

そのあとすぐにジェイミーは別の車へと押し込まれるようにして乗せられた。車には何のマークも付いておらず、さっきの車とは反対方向に猛スピードで走り出した。

何もかもがあっという間だった。今アパートメントのある建物のひんやりしたロビーにいたと思ったら、次の瞬間には猛暑の中へ押し出され、すぐさまエアコンの効いた自動車に乗せられていた。車はどんどんスピードを増す。スモークガラスから見える金色の夕焼けが、夕闇に変わっていく。ジェイミーは後部座席で武装した大柄な男性二人にはさまれる形で座っていた。二人とも、いつでも発砲できるように銃を構えたままで、ジェイミーのほうを見ないようにしている。真剣な面持ちで外の道路を見つめている。誰も何もしゃべらない。

事故が起きないのが不思議だと思うぐらいのスピードで車は疾走し、とちゅう同じ道を何度も通過し、タイヤに悲鳴を上げさせながら急に角を曲がるたびに、ジェイミーはどちらかの警察官に寄りかからざるを得なかった。やがて車が唐突に停止した。目的地がどこだったかを知って、ジェイミーは目を丸くした。

パラッツォ・ラビッツァだ。バロック様式の豪華な宮殿で、ここにはまだこの宮殿の所有者であるカルデローネ王朝の末裔《まつえい》が住んでいる。一見《いちげん》客はおろか、紹介を受けてもなかなか中に入れてもらえないクラブであり、ディナーであれば数組の予約客を受け入れてくれるが、現在の当主であるフランチェスコ・カルデローネ殿下が客として認めてくれることが条件となる。シェフはパリのトゥール・ダルジャンから引き抜かれた人で、ここでの食事は一般の人の一ヶ月分の給料ぐらいの値段を払う覚悟が必要となる。

ここに来てもなお、ジェイミーは胸板が厚くて肩幅の広い男性たちがその身を盾にしてくれる中を通って、建物の中へと急《せ》かされた。しかし正面玄関へと近づいたところで、男性たちは足を止め、後ろに控えた。目の前には、鉄の鋲《びょう》が付いた非常に大きくて古い木製の扉があり、両脇《わき》ではたいまつが燃えている。

ここからは、独りなのだ。

一歩足を伸ばせば建物に入れるのに、新しい世界に踏み出す覚悟が必要な気がした。小さなイブニング・バッグを握りしめ、ジェイミーは深呼吸をしてから、敷居をまたいだ。

扉を抜けるとそこは宮殿の内庭だった。アラベスク模様の青いタイルの張られた壁が高くそびえ、あたりを照らすのは壁に取りつけられた錬鉄の籠《かご》で燃えるたいまつのちらちらと揺れる炎だけ。二階部分にあるアーチの下で、正式な夜会服に身を包んだ弦楽四重奏団《カルテット》がきらめくような音を奏でている。あたりに漂うその銀の調べは、たいまつの明かりをそのまま音楽にしたかのようだ。

物陰から男性が出て来た。背が高く銀髪でタキシードを着ている。

「ミズ・マッキンタイヤ。ようこそ、パラッツォ・ラビッツァへ」低音の声が心地よい。男性はジェイミーの手を取り、甲に軽く唇を寄せてから放し、一歩退いて笑顔で彼女の瞳を見つめる。この端整な顔立ちを何度写真で見ただろう。彼の写真が掲載されるのは、たいていは高級旅行雑誌だが、写真は男性としての彼の魅力をまるで伝えていなかったのがわかった。

ジェイミーはあたりを見回した。いかにも贅沢《ぜいたく》な造りだ。「こちらに来られるなんて、光栄に存じますわ、殿下」

殿下は瞳をきらきらさせて、軽く頭を下げた。「どうぞ、フランチェスコと。私のほうこそあなたをお迎えできて光栄ですよ」

ジェイミーは目を丸くした。「あら、どうしてですの、殿下、いえ、フランチェスコ？」

彼はまた頭を下げる。「あなたはレオーネ検事の大切なお客さまです。したがって、私にとっても大切な方なのです。私たちが今日あるのは、ステファノのおかげと言ってもいいぐらいです。私の愛するシチリアから、悪党どもを退治しようとしてくれているのですから。ステファノにはいつでもこちらに来てくれるようにと言っているのですが、彼が私たちの招待に応じてくれることはめったにありません。ですから、お客さまを招待したいから、こちらで夕食を楽しみたい、と連絡をもらったときには、非常にうれしかったのです」そこで殿下の笑みが顔全体に広がる。「ましてや、お客さまがどういう方かがわかりましたから。孤独なステファノが外に出る気になった理由も納得できましたよ」

どれだけ美辞麗句を並べても、うわついたお世辞に聞こえないのは、イタリア男性だけに備わった生まれついての才能による。「ありがとうございます」

彼の顔から笑みが消え、真面目な表情になった。「いえ、お礼を言わねばならないのは私のほうですよ。ステファノは働きすぎです。一時間やそこら、気を許してくつろげるのなら、ぜひそうしてもらいたい。さて、こちらへ。ステファノがあなたを待っていますよ。私のエスコートをお許しいただけますかな？」そう言って、曲げた肘《ひじ》を出した。

ジェイミーは彼の肘を取った。ヒストリカル・ロマンスのヒロインになった気分だった。ジョージ三世の頃の英国を舞台にしたロマンス。それがパレルモに場所を移しただけ。

壮麗な石段を上がり二階に着く。現代のビルであれば四階部分にあたる高さだ。二階に近づくにつれて、弦楽カルテットの奏でる調べが大きくなっていった。到着したときはモーツアルトの曲だったが、今聞こえるのは『パッヘルベルのカノン』、ジェイミーの好きな曲だった。新しいデザインにとりかかるとき、彼女はこの曲を繰り返し流れるようにしておく。この曲を耳にすると落ち着くからで、今も気持ちを鎮めてくれそうだった。

つまり……そう、神経がぴりぴりするほど緊張しているのだ。

こんな経験は初めてだった。

ジェイミーはデートだからといって、ぴりぴりすることなどまずない。その男性が気に入るか、気に入らないかのどちらかであり、その結果どうなるかを気にしたりはしない。今回は、あらゆる意味合いでこれまでにない体験だ。ステファノ・レオーネに対して五感すべてが過剰に反応してしまう。男性に対してこんなふうに反応したことはないのに。これからどこに連れて行かれるのかはわからないが、そこにステファノが待っている。そう思うと一歩ごとに脈が速くなる。肌が敏感になり、音が肌に触れるのがわかるような気がする。弦楽の調べが羽根のように彼女の肌を撫《な》でていく。頭が軽くて体全体がふわふわしている感じ。それなのに体の特定の部分が――乳房や脚のあいだは重い。血液が集まって腫《は》れているようだ。

ブラをどうしようか来る前に悩んだが、薄い布地を胸元に十字にかけて、ドレスからブラがのぞかないようにしたほうがすてきだと考えた。ただこんなに胸の先端が硬く突き出るとは予想していなかった。重ねて襞《ひだ》にした部分でどうにか隠れているのがせめてもの救いだ。

走ったわけでもないのに心拍数が大きく乱れた経験は、ジェイミーにはなかった。

ところが今、心臓は普通の三倍の速さで脈を打っている。これでは走っているのと同じだ。また息が苦しくて、必死で酸素を求めている。こんなふうに歩いていたら、行き倒れになってしまうのではないかと思うほど。違う。これから自分の五感を目覚めさせた男性のもとへ向かうのだ。他の男性には感じなかった何かがある人。運命の糸に操られているかのように、あるいは、人生における重大な転機が待ち構えていて、それにあらがうことができないかのように、彼のもとへと向かう。

五感のすべてが危険だと訴える。音の調べは鼓動と対応してリズムを刻む。たいまつや、階段の手すりや隅に立てられているキャンドルの蠟の匂《にお》いがする。それらの匂いが、ドーリア式の柱を伝って伸びる夜来香《イエライシャン》の花の香と混じって、強烈な香水のように感じ、頭がふらふらする。温かな風が敏感になった肌を撫で、うなじや腕の産毛《うぶげ》が逆立つ。

内庭やアーチ屋根の下で食事を楽しんでいる人たちが眼下に見えた。鈍い輝きの銀のナイフやフォークが薄い磁器に触れて、その音が軽やかな調べになっている。

階段を上がりきると、フランチェスコが左へと折れた。弦楽カルテットがいるのとは反対側だ。地上部分の客たちからも離れ、たいまつで照らされた回廊を歩いて行く。

魔法のような瞬間。夢のような場面。

大きくて黒っぽい木製扉の前までやって来た。扉の枠は石でできており、扉自体も錬鉄の枠で補強されている。ここで魔法が解けた。理由は扉を開いたのが警察官だったからだ。制服の腰のホルスターに拳銃を下げ、醜いが殺傷能力が高そうなマシンガンを、胸に斜めがけにしたスリングで吊《つ》るしている。その中のひとりが、前夜ジェイミーのボディチェックをしたブザンカだった。彼女をにらみつけ、敵意をむき出しにしている。

フランチェスコは扉の前で立ち止まると、警護の警察官たちに低い声で話しかけた。全員がはっと背筋を伸ばして敬意を示したが、ブザンカが厳しい口調で言い返した。早口のイタリア語のやり取りだったので、その内容はジェイミーには理解できなかったが、自分のことで言い争いになっているのだというのは雰囲気で察知した。

フランチェスコが何かを頼んだが、ブザンカがそれを拒否した。フランチェスコはあきらめたように息を吐いてジェイミーのほうに振り向いた。

「申しわけないが、あなたはボディチェックを受けなければならないそうです。さぞかし不愉快だろうと思い、あなたを特例扱いにするよう願い出てみたのですが、ステファノを警護する者たちはあくまでも職務に忠実なのです。それに、ステファノを狙《ねら》う悪党はずる賢く残忍です。ステファノの身の安全を何よりも大切に考えるこの者たちが、例外を認めるわけにはいかないのです」

カルデローネ殿下が例外を求めて拒否されたのなら、ジェイミーが何を言っても無駄だ。彼女は黙って前に出ると、バッグをブザンカに渡し、空港のセキュリティ・ゲートでやるように両手を左右に広げて上げた。

実際はばかげている。ドレスは体にぴったりしていて何かを隠す余裕はない。バッグは徹底的にユーロ札数枚とアパートメントの鍵、口紅を入れただけでいっぱいだ。ブザンカはバッグを調べ、シルク生地のあいだに何か隠されていないか指で確認までした。ボディチェックも念入りだった。警官がよくやる何の個人的な興味もなさそうな手つきで全身をくまなく叩いていく。

考えてみれば、彼は本来警察官なのだから、当然だ。

男性がジェイミーに興味を抱くことはしょっちゅうある。幸運なことに、女性として成熟するのが遅かったので、少女の頃に男性の性的な欲望の対象として見られる経験はなかった。十代の半ば頃まで、彼女は背が低くて瘦《や》せていて、ウエーブの大きな赤毛はどうにもまとまらないうえ、小さな顔の割には目や口が大きすぎ、胸はぺたんこの少女だった。乳房というものが存在しなかったのだ。やがて急激に成長し、体に丸みが出てきて、顔と目鼻のバランスが取れてくると、男性たちの注目を集めるようになった。

最初はどう対処していいかわからず、尻込《しりご》みしていた。その後、男というのはだいたいが、ばかか弱虫か独裁者、ときにはこの三つすべてにあてはまるのだと知った。どういうカテゴリーにあてはまるにせよ、とにかく男性たちは彼女に特別の反応を見せる。

だから、女性として扱ってもらえない状況には、慣れていない。人間だとさえ認識されていないのでは、と思うことは珍しく、ましてや、何か恨みでもあるとしか感じられない態度を示されると驚いてしまう。

ブザンカ警部補のジェイミーへの接し方は、まさにそういうものだった。ボディチェックとしては実に正しいやり方でありながら、彼の表情は険しく敵意がにじみ、黒い瞳は冷たくジェイミーの目をのぞく。

ジェイミーが武器を持っていないと、すぐにブザンカは結論を出したようだ——どんなばかでもわかることだが。どちらかと言えばその木製の扉の向こうにいる男性がジェイミーに危険を及ぼす可能性のほうが高く、その逆はあり得ないように思える。

ブザンカは一歩退くとフランチェスコに敬礼をしてから、低い声で言った。「行っ《バ・》てよし《ベーネ》」

フランチェスコは重々しくうなずくと、ブザンカに礼を言った。自分が特例扱いを受けられないのは当然だとジェイミーも思っていたが、それでもブザンカに感謝の言葉を告げる気にはどうしてもなれなかった。軽くブザンカに会釈をしてから、フランチェスコのほうを向く。

「美しい人《カーラ》」彼はジェイミーの手を取った。「あなたが楽しい夕べを過ごしてくれることを、心から願っています。それから、私たちが提供する食事やワインがあなたのお気に召しますように。できるだけ近いうちにまたこちらで食事をしてくれるよう、ステファノを説得してください。あなたのためなら、彼もまた来てくれるかもしれません。そうなれば、本当にうれしいのですけれど」

彼の唇がジェイミーの指に触れるのと同時に、重い鉄の錠が外れる音がした。それが魔法の扉を解く合図であったかのようにジェイミーは思った。

右側の扉が少し開いている。フランチェスコは片手で扉板を押し、もう一方をジェイミーの背に添えた。「カーラ、さあ」彼の言葉に促されるようにして、ジェイミーは部屋の中へ足を踏み入れた。不安と興奮はどちらも最高潮に達している。背後で重々しく扉が閉まり、大きな音を立てて鍵がかかった。これで外の世界とはすっかり遮断され、かすかな音楽が聞こえるだけ。

そこはまさに魔法の部屋だった。キャンドルが何百もともされているように見えるが、明かりはそれだけ。高いドーム型天井には、雲と天使が描かれているのが見える。おそらくフレスコ画だろう。ムラーノ・ガラスの巨大なシャンデリアが黄色いシルクを織り上げたロープで天上の真ん中から吊り下げられている。クリスタルの表面がキャンドルの光を反射している。

部屋のいちばん奥には観音開きの出入り口があり、薄いカーテンが夕方のそよ風に揺れている。そこから石造りのテラスに出られるようになっており、そのさらに向こうには幾何学様式のイタリア式庭園があって、たいまつとガラスの風よけに入れられたキャンドルで照らされている。

その出入り口のそばにしつらえてあったテーブルから男性が立ち上がった。するとこれまでにじゅうぶん速くなっていたジェイミーの鼓動はいっきに三倍の速さになり、大きな音を立て始めた。大理石のタイルを歩いて近づいてくるステファノを見つめながら、ジェイミーは息もつけなくなっていた。

思っていたより、さらに背が高い。思っていたよりさらにハンサムで、さらにカリスマ性に満ち、さらに……何もかもが記憶よりもすばらしい。生まれつき、すべての女性の目を楽しませる外見を持って生まれてきた男性。ただしその美しい外見とそっのない振る舞いの下に、鋼鉄の意志がひそんでいる。

こちらへ向かって来る彼の顔は真剣そのものだったが、最後の瞬間に彼がほほえんだことで、ジェイミーの心臓は胸の中で宙返りした。言葉もないまま、ただキスをしようと体を倒してくる。

ジェイミーはキスに応じようと口を開いたあとで、彼がただ挨拶《あいさつ》として頬《ほお》に唇を寄せるつもりだったことに気がついた。すると当初の意図が何だったかということとはまるで無関係に、すべてが変わった。何かに刺されて、体に痛みを覚えたかのように、二人とも鋭く息を吸い込んだ。

キスが痛いはずはない。正確には電気ショックを受けたような感じだ。ぱちっと火花が散り、燃え上がった。

彼が顔を上げると、何かをいぶかるように眉根《まゆね》を寄せた。キスしていた時間は長くなかったので彼の唇は濡《ぬ》れていなかったが、性的に興奮した男性の顔そのものがそこにあった——赤く腫れた唇、赤黒く染まった頬。さらには鼻の穴がふくらんで白くなり、こめかみに見える血管が大きく脈打っている。

「ディオ・ミーオ。今のは……強烈だったな」彼がつぶやいた。

ジェイミーはまだぼう然としたまま、自分のすべてをさらけ出した状態にあった。

いつもならジェイミーは、そつなく男性をあしらう。友人たちからも、どんなときでも落ち着いていると褒められる。自分の感情コントロールには自信があり、ベッドの中でも外でも、何があっても人ごとのように感じている場合さえある。

ところが今のジェイミーは生きたまま皮をはがれ、生身の全身をさらけ出しているような気分だ。自分が何を感じているか、みんなに知れてしまうだろう。もちろん、目の前の男性にも。心臓が大きく脈打つところが、見えているに違いない。血液が乳房と子宮に集まっているのも、きっと彼には見えているのだろう。

本来なら少し距離を置き、ジョークのひとつでも言う場面だ。あるいは、ワインを飲みたいわ、とか部屋についての感想を言うとか。

何もできず、ジェイミーはただその場で凍りついたように立ちつくしていた。足先や指の感覚もないまま、自分をひどく興奮させる男性を見上げるだけ。

「助けてくれ」彼が目を閉じたまま体を倒して、額を合わせてくる。「俺はマナーを心得た男なんだ。本当に。母親から叩き込まれたからな。だから、最初からやり直しだ。君が部屋に入って来る。俺は立ち上がって部屋の中央で君を出迎え、手に口づけする。君が招待を受けてくれてうれしいと改めて礼を言う。そして今日一日楽しく過ごせたかをたずねる」

「すると私は、ここに来られてとてもありがたく思っていると伝え、今日は楽しく過ごせたと答える」ジェイミーはどうにか笑顔を作った。声が出る程度には声帯の筋肉が緩んだことが幸いだった。「それから今度は私が、あなたは今日、どんな一日を過ごしたの、とたずねる」

彼が目を開き、ジェイミーはまた会話能力を失った。彼の真剣な眼差しがまっすぐジェイミーを見つめる。瞳は月明かりに光る剣のような色だった。ほとんど黒に近い、濃いグレーの目が突き刺すように自分を見ている。その視線が彼女の口元へと落ちると、官能的なキスをされたかのように感じる。

「そこで俺は、今日は気分よく過ごしたと言う。しかしそれはただの社交辞令だ」目を見たまま、彼がつぶやく。「実際のところ、仕事に集中できなかった。君にキスすることばかり考えていた」

「私も同じよ」脳が麻痺《まひ》して、嘘《うそ》をつくことさえできない。

男性への対応の仕方ぐらい、ちゃんとわかっていたはずだった。基本ルールは、相手の男性に自分の言動が影響されていると知られてはならないことだ。冷静で無関心なところだけを見せておかねばならない。ところがそんなルールなど、どこかに吹っ飛んでいた。きっと観音開きの戸口からレースのカーテンを抜け、テラスに出たあと、星になって夜空に散ってしまったのだろう。

この男性には何も隠してはおけない気がする。彼に対して動物的なつながりを感じる。丸裸にされて抵抗するすべなどない。

他の男性なら、彼女の本音を聞いてほくそ笑むところだ。男女の駆け引きには終わりがない。絶えず、どちらがたくさん点を取ったかを確認し合う。今の本音は、彼のほうの得点だ。しかし、彼は自分が優勢だぞ、という顔を見せない。頬のあたりを強ばらせ、眉間《みけん》にしわを寄せ、歯を食いしばっている。

そしてキスした。今度はもっと濃厚で、暗い欲望に満ちていた。

ジェイミーはそのキスにのめり込んでいった。迷宮の闇に落ちていく気分だった。彼の腕に力が入り、抱き上げられて激しくキスされる。顔をずらして、もっとキスの味を堪能《たんのう》したい。彼の舌が自分の舌をこするたびに、ジェイミーの全身に炎が広がり、白く燃え上がっていく。彼の肩に両手でつかまったが、抱擁するというよりは、そうしなければまっすぐ立っていられないように思えた。ただ、床に崩れ落ちる心配がないのはわかっている。たくましい腕がしっかりと支えてくれるから。彼の腕にきつく抱きかかえられて、彼のシャツのボタンが肌に当たっているのまでわかる。彼の麻のズボンのざらっとした生地を脛《すね》に感じる。

そして彼の巨大なものが自分のお腹《なか》に当たるのも。

彼が腕の位置を変え、ヒップから背中をさらに強く抱き寄せると、ジェイミーはなすすべもなく、腰をくねらせ体を彼にこすりつけた。彼のものがさらに大きくなり、力強く脈打つのまでわかる。自分の体に押しつけられると、ジェイミーの体の奥が呼応するようにひくひくと彼のものを誘い込もうと動く。

ステファノがまた顔を上げた。苦痛を感じているかのような表情で、歯を食いしばり、顔の両側の皮膚が突っ張っている。激しいキスのせいで唇はもう濡れている。息が荒く、分厚い胸板が大きく上下するのが見える。ジェイミーが彼にどれだけの影響を与えているかは、彼の顔、そして全身にすっかり表われていた。

彼もきっと、ジェイミーの顔や体から、自分がどれだけ相手に影響を与えているかをすっかり読み取っているだろう。

さっき彼が言ったとおりだ。

助けて。

4

目の前にいるのは、魔女に違いない。魔法の媚薬《びやく》でも使ったのか。飲みものに混ぜる時間はなかったはずだから、キスしたときに口移しでのまされたのか。いや、この肌に魔力があり、触れると魔法に縛られてしまうのかもしれない。とにかく、彼女は何かをしたのだ。そうに決まっている。

今日はずっと彼女のことばかり考えていた、その言葉に何の偽りもない。ただそれがいかに珍しいことか、彼女は知るはずもない。いや、珍しいどころか、前代未聞だ。ステファノ・レオーネの集中力の高さは有名だ。この三年間、彼の生活のすべてはサルバトーレ・セラの逮捕および彼の組織の壊滅のために費やされ、行動は常に慎重に考え抜かれてきた。現在の職に任命された日から、何もかもを職に捧《ささ》げてきた――迷いもなくそう断言できる。自分自身のことより、セラの生活についてのほうが詳しいし、セラがどれだけ悪辣《あくらつ》な人物かは徹底的に調べ上げてある。

丸一日仕事を忘れ、魅力的な女性のことで頭がいっぱいになる——あり得ない。しかし実際にそうなったのだ。

二日前に、ステファノは非常に興味深い報告書を受け取った。ニューヨークのマンハッタンにある高級クラブがドラッグの密売で摘発された際、セラの組織のごく下っ端の少年が逮捕され、ニューヨーク市警による取り調べが行なわれた。ニューヨーク市警は、少年がイタリア・マフィアの末端組織にかかわっていたと知ると、ローマにあるイタリア法務省に報告書のコピーを送ってきたのだ。

末端とは言え、組織にかかわる人間がこんな少年ばかりだとすると、セラの統制もずいぶん緩んできているようだ。昔ながらのマフィアの人間なら、警察から話せと迫られれば自らの喉首《のどくび》をかき切るのが常だった。このちんぴらは、悪名高きライカーズ島の拘置施設でひと晩過ごしただけで、知っていることは何でもしゃべるから、と泣きついた。

法務省からの文書は実に興味深かった。読み始めてすぐに、ステファノは夢中になった。最初のページだけでも、彼自身が過去半年もかけて調べ上げたより濃い内容が書かれていた。ところが今日その報告書を開いても、まったく集中できなかった。文字がすぐにぼやけてしまい、目の前には細身なのに見事な曲線を持つ赤毛女性の姿が浮かんだ。真っ白できれいな手が文書から伸びてきてステファノをつかむ。彼女のことを考えているうちに、想像上の手はどんどん下へと……。

本来であれば、サルバトーレ・セラの銀行口座を調べているはずだった。パレルモからルクセンブルグ、さらにはアルバにまで口座があるのだ。あるいは彼のプライベートジェットの飛行記録を追跡してもよかった。面白いことに、パキスタンに二度着陸している——いちどはペシャワール、次にイスラマバードだ。あるいはシチリア島のパレルモに次ぐ第二の都市カターニャへのマンハッタンからの電話の通話記録をたどってもよかった。それなのにステファノは、ジェイミーのことを考え続けた。

ジェイミーの存在を肌に感じるほどだった。彼女のやわらかな手が自分のものに触れる感触、彼女の唇の味。彼女の背中に手を置いて感じる、肌の滑らかさ。

困ったことに、彼は執務室で勃起《ぼっき》し、どうすることもできずにトイレに行って欲望を放出した。自分で自分を慰めたのは何年ぶりだろう?　パレルモに来るまでは、そんなことをする必要はなかった。元妻とはありとあらゆること——金、野心、子どもを作るかどうか、で意見が激しく対立したが、セックスに関してはまったく問題がなかった。元妻が文句を言わなかった唯一のことかもしれない。とにかく寝室では意見が一致した。

別居し始めると、次から次へと誘いをかけてくる女性がいた。離婚が成立するまで、ステファノは結婚の誓いに忠実だったが、それでも構わないと言い寄る女性はたくさんいた。やがて法的にも独身に戻ると、女性が大挙して彼に連絡を取ってくるようになった。

その誰とも、心から満足できるセックスの体験はなかった、それでも彼も男だ。そこそこのセックスがあるほうが、何もないよりはいい。たぶん。

ただ、パレルモに到着してセラの組織壊滅作戦に身を投じて以来、彼の分身はスイッチが切れたような状態になってしまった。ちょうどプラグが抜かれたみたいな感じだった。彼はセックスレスの生活に突入したのだ。獲物だけに集中するハンターと同じだ。また純粋に、セックスを楽しむような時間や機会がなかったのも事実だし、さらには欲望を抱くこともなかった。

ジェイミーが欲望のスイッチを入れてしまった。するとめらめらと欲望が燃え上がった。彼の全神経、全思考はこの女性を抱くことにだけ集中している。彼女とベッドをともにしても、いつになったら欲望が鎮まってくれるのか見当もつかない。

これは、三年間女性とはかかわりのない生活を送ってきた反動が出ているせいだけではない。理由はこの女性にある。彼女がステファノの欲望を解き放ったのだ。

今日の午後、彼は自分の執務室にあるがらんとして殺風景なトイレに立ち、ここには盗撮カメラがないと断言できることを心からありがたく思った。毎日二回、特別班の者たちが執務室とトイレに不審なものが仕かけられていないかをチェックするので、安心してズボンを下ろせる。白いタイルに片手をつき、頭の中で映像を再生しながら、大きくなった自分のものを取り出した。

いちばん強烈なイメージとして残るのは、昨日の夕方、執務室の入口に立つジェイミーの姿だ。廊下の裸電球に照らされて、体の線がくっきりと逆光に浮かび上がった。彼の意識の奥深くに隠れていた理想の女性像が、そのまま現実となって現われたように思えた。ほっそりとした体つきが、ウエストで大きくくびれていて、そのあと腰へと豊かに広がる。長い脚が薄い生地に透けて見えた。まるで脚がむき出しであるかのようにはっきりと。彼女の体へ自分のものを突き立てると、あの脚が自分の腰に巻きつくのだ……その感触まではっきりと想像できた。そのイメージが彼を興奮させ、彼女の秘密の部分の悲しい代用品である自分のこぶしでさえ、使ってほんの数分で絶頂に達することができた。

膝《ひざ》から崩れ落ちそうになるぐらい、激しいクライマックスだった。

彼女に触れ、キスすることを想像するだけでひどく興奮する。確かに欲望を放出させるにじゅうぶんな快感は得られるのだが、実際に触れてキスするのは、想像の百万倍も気持ちいい。

二人の唇はぴたりと形が合い、こうやって重ね合うために作られたかのようだ。彼女のほうがかなり背は低いが、ステファノが強く抱き寄せると、彼女は自然につま先立ちになり下腹部を彼のものにこすりつけてきた。すると何の準備もなく彼はクライマックスへと引き上げられ始めた。もう抑えておけない。

そのときジェイミーがつま先立ちをやめ、体を離した。キスが唐突に終わり、ステファノは自分を恥じた。セックスというものが洪水のように自分の日常に戻ってきたことがうれしくてたまらず、自分をそんな気分にさせてくれた女性のことまで考えていなかったのだ。今の彼女は、うれしくてたまらない、という雰囲気ではない。ぼう然自失と言うか、顔は青ざめ、ショックを受けているようにも見える。

ショックを受けて当然だ。彼女のほうも同じぐらい強く興奮しているのは間違いないものの、うれしくてたまらないステファノとは対照的に、怯《おび》えているようだ。彼女はここでは外国人なのだ。同じイタリアの国でありながら、ステファノにとってもパレルモという町は異国のように思える。ましてやアメリカ人女性である彼女はどれほど心細く感じていることだろう。

二人が今夜顔を合わせてまだそれほど経っていないのに、ステファノはもう彼女にキスし、今すぐ彼女の体を奪える状態になっている。一方の彼女は見るからに完璧《かんぺき》なレディであり、こんな荒っぽいことには慣れていないはずだ。

母からマナーを叩《たた》き込まれたと言ったのは誇張ではない。息子がアメリカ人のレディにどんな行動を取ったか、母が知ったら何と言われるだろう。考えるだけで身がすくむ。はるばる贈りものを届けるために、無遠慮なボディチェックまで受けて自分に会いにやって来てくれた女性に対して取る態度とはとうてい思えない。

体を引き裂かれるように辛かったが、ステファノは彼女と少し距離を置いた。意志の力がなかなか通じなかったのも今夜二度目の驚きだ。自己抑制力には自信があった。元妻は週二回精神分析をしてもらっていたが、その精神科医の意見では、ステファノはエゴが肥大しすぎていて、本当の自分というものがなくなっているらしい。

今のステファノは、〝本当の自分〟の他のすべてをそぎ落とした感じだ。生々しいむき出しの欲望でいっぱいの彼の本質が存在する。求めるのは、床にこの女性を押し倒し、服を引き裂いて彼女の中に自分を埋めることだけ。

いや、だめだ。

そんな男ではないはずだ。

ステファノは少し体を離したものの、彼女に触れずにはいられなかった。彼女の手を取ることで我慢しておこう。まず口づけをしてから、その手を引いてテーブルへと案内する。

「前もって」かすれた声になった。声を出すのが数年ぶりみたいな感じだった。咳払《せきばら》いをしてから、話を続ける。「フランチェスコに頼んでおいたんだ。テラスに通じる出口の前にテーブルを用意してもらいたい、と。入り込む風が、気にならないといいんだが。景色がすばらしいので、どうしてもこの場所に座りたかった。それから料理も先にすべて運んでおくように頼んだ。ウエイターが出たり入ったりするのでは、ゆっくり食事もできないから。それでいいよな?」

注意深くジェイミーの表情をうかがう。

よし、大丈夫そうだ。彼女の顔に赤みが戻り、笑みを浮かべている。この部屋に入って初めてのほほえみだ。少しばかりステファノが欲望を抑えれば、彼女もリラックスできるようだ。

まったく、何てありさまだ、と彼は思った。女性を笑顔にする方法なら、十四歳のときに習得した。ところが三十六歳になった今、その技術を忘れてしまっていたのだ。過去三年間、タフな男たちばかりの世界で厳しい生活を送ってきたからと言って、それが弁解として通用するはずもない。

彼女がつないだ手を軽く握ってから、放した。すぐに、温かな肌のつながりがなくなったことがさびしく感じられた。

「すてきだわ」ジェイミーがそっとつぶやいた。目を閉じ、深く息を吸いこむ。「庭園からの匂《にお》いが食べものとうまく混じって、うっとりするわね」

予想もしていなかったことを言われて、ステファノも深呼吸してみた。確かにそうだ。甘い夜来香《イエライシャン》の花とキャンドルの蠟《ろう》、おいしそうな料理の匂い、テーブルで独特の香を立たせているラビッツァのエステート・ワイン――これは空気に触れさせるために栓を抜いてある――そして……ジェイミーならではの匂い。

匂いというものの存在を長らく忘れていた。書類、法律書、銃の手入れ用オイル、革、汗、このところステファノの周囲で嗅《か》ぎ取れるのは、そういうものだけだった。

いい匂いだな、と思ったのはいつ以来のことなのかもわからない。

パレルモに到着すると同時に、鼻を切り取られたようなものだ。

切り取られた状態だったものは、他にもある。

体の正面に突き出すその二つの器官は、今やフルに機能しようと張りきっている。

興奮しすぎて痛みさえ覚えるほどだ。ひょこひょこがに股歩きにならないように気をつけなければ。救いは、勃起があまりにも強くて垂直に腹にへばりついているため、麻のズボンの前がゆらゆらと揺れないことだ。マナーを忘れていたのを謝るより先に、学校一のかわいい女の子を見た高校生みたいに欲求を制御できていないことを謝罪すべきだろう。

彼女の顔だけを見ているんだ、このばか！　ステファノは自分を叱《しか》りつけて、彼女の背に手を添えた。「おいで」

手に伝わる感触がうれしくて、ため息を漏らしそうになった。シルクのような手ざわりだが伸縮性のある素材だ。母ならきっとどういう生地なのかを正確に教えてくれるだろうが、ステファノにとって重要なのは、布地越しに彼女の肌の温もりを感じられることだった。彼の手の下でしなやかな筋肉が動く。

ジェイミーは笑顔で彼を見上げた。これなら彼女の視界にベルトから下は入らない。よかった。ステファノは体を倒して軽く唇を重ね、男らしくすぐに顔を離した。もう唇を奪ったりはしないぞ、そう決意していた。

しかし、ああ。誘惑は強かった。

どうにかこらえて、すばやく席に着き、ステファノは彼女と並んで庭園を向いて座った。大きくて分厚い麻のナプキンをさりげなくズボンの前に置く。これでいい。あとは座ったまま手の届く範囲にあるものだけを彼女に食べてもらえばいい。幸運にも、ワインはすぐ横にあった。

ワインを注いで、乾杯する。グラスが最高級のクリスタルらしい、軽やかな、チン、という音を立てる。この音を聞くのも久しぶりだ。通常彼は警察署の食堂で食事をとる。ひどく混雑しているが、味は驚くほどいい。ただし、ナイフとフォークは安価なステンレス製だし、皿はスーパーマーケットで売っているような頑丈で醜いものだ。グラスも割れないように分厚く作ってある。

この女性の魔法により、忘れていた感覚がまたひとつ戻ってきた。

ステファノはワインを飲みながら、ジェイミーを見ていた。彼女はひと口含むとグラスを置いて笑顔になり、彼もほほえんだ。

「ああ、おいしい。太陽をそのまま飲んでいる感じだわ」

彼はボトルの正面をジェイミーに見えるようにした。手製のラベルが貼《は》られている。

「フランチェスコが私的に所有しているワインだよ。カルデローネ家は自分たちの所領で造ったワインを販売もしているが、毎年千本だけ自分たちのためにとっておくんだ。それを家族の集まりや、このレストランで使う」

彼女は首をかしげ、彼の顔をまじまじと見た。「フランチェスコはあなたのことを大切に思っているのね。直接そうおっしゃっていたわ。あなたが望むのなら、毎晩でもここで食事ができるのに」

「ああ」ステファノはグラスを掲げた。キャンドルの炎で、ワインそのものが光を放っているかのように輝く。ルビーのようだ。「カルデローネ家の先祖伝来の土地が、地元で二番目に大きいマフィア組織に目をつけられてね。みかじめ料としてかなりの金額を搾《しぼ》り取られていた。そしてある日、彼の甥《おい》が誘拐された」

あの長い夜を思い出して、ステファノの口が歪《ゆが》んだ。温度感知カメラで空中撮影した山間部の小屋へ警察部隊が突入する様子が目に浮かぶ。それまでの四日四晩、彼は登記簿から遊休地を捜し出し、とある人里離れた広大な土地がセラと関係のある幽霊会社の所有になっていることを突き止めた。その情報をイタリアの軍警察であるカラビニエリに伝え、夜間ヘリで赤外線カメラを使うと、少年ぐらいのサイズの哺乳《ほにゅう》動物が山小屋にいることがわかった。カラビニエリは小屋を急襲し、壁に足かせでつながれていた十四歳の少年を助け出した。

ジェイミーがじっと彼の表情をうかがっている。「その甥御さんを助けたのは、あなたなのね」

ステファノは、笑い声を立てた。「救出にあたったのは、カラビニエリさ。これは警察の中でも憲兵隊とか軍みたいな連邦組織でね。フランチェスコの甥は、いっきに七キロ近く痩《や》せ、一年半経った今でも精神的なトラウマに悩まされているが、ありがたいことに命に別状はなかった」

「甥御さんが助かったのは、あなたのおかげだとフランチェスコは信じているのよ。あなたには大きな恩義を感じている。私にだってはっきりわかった」

ステファノはうなずいた。フランチェスコが恩義を感じるべき相手は自分ではない、と思うものの、実際にフランチェスコがそう信じているのは事実だ。毎週必ず彼からの電話を受け、どうかパラッツォ・ラビッツァで食事をしてくれと懇願される。

「あなたのおかげで甥御さんが助かって、本当によかった」ジェイミーはさらりとそう言うと、またワインを飲んだ。このワインを気に入ったようだ。見ていればわかる。

「セラっていう大悪党も、あなたの手で捕らえられるといいのにね」

ステファノはワインを口に含んでいる最中だったので、むせ返って咳をした。「失礼、今、何と？」

鮮やかなターコイズ色の瞳《ひとみ》が、信じられないと訴えながら彼のほうを見る。「ステファノ、私は捜査官ではないけれど、インターネットでの検索ぐらいはできるの。イタリア語だってある程度なら読めるから、新聞に書いてあることもだいたいはわかる。

あなたはマフィアの大ボスを逮捕しようとがんばっていて、評判もすばらしい。たいていの記事は、あなたの勇敢さを褒めたたえている」

「正確には、愚かさを指摘されているようだが」ステファノはぼそりと言ってから、またグラスの縁を彼女のグラスに合わせた。軽い音が響く。「せっかくのワインだ。もっと楽しい話をしよう。君のことをもっと知りたい。特に、どうしてパレルモに来ようと思い立ったのかを教えてくれ」

「ライオンのせいよ」彼女がほほえんだ。「あなたみたいなライオン。実際にはモザイク画なんだけど」

　ほう、と彼は眉を上げた。

　ジェイミーが、ふっと笑いを漏らす。「ノルマン王宮にいるライオンよ。フリードリヒ二世の墓所を守る、モザイク画なの」何のことかわからずにいるステファノの表情を見て、彼女が声を立てて笑った。「あなた、まさか見たことがないの？　パラティナ礼拝堂にあるのよ」

　彼がパレルモの町で見たものと言えば、アパートメントから裁判所のある建物までの車中でスモークガラスの向こうに移りゆく街並みだけだ。いちどだけ運転手に命じて大聖堂の前で車を停め、その外観を見たことがある。その程度のものだ。

「美術については詳しくないんだ」実際のところ、正直に言えば、美術についての知識はゼロだ。「君は、デザインのアイデアが浮かぶかも、とか言っていたが……」

昨日の執務室での会話はほとんど何も覚えていない。頭が欲望で破裂しそうになっていたのだ。言葉の端を思い出せただけでも奇跡だった。

彼女がうなずいてほほえむ。「今依頼を受けている仕事は、ボストン郊外にある地中海風の豪邸のインテリア・デザインなの。このお屋敷の持ち主は、パソコンのソフトウエアで莫大《ばくだい》な財産を作り、お金が使いきれなくて困っているのよ。設計の際、地中海風に芝生を青々とさせておくため、前庭の地面にヒーターを埋め込んだそうよ。信じられる？　で、その大金持ちが、屋敷の雰囲気に合ったインテリア・デザインを私に頼んできたの。話をして五分も経たないうちに、彼が求めているのは、古代ローマ帝国風のきらびやかさだってわかったわ。けれど彼の要求をそのままデザインに反映すれば、屋敷に来た人すべてに彼は『グラディエーター』の世界を追い求めているってすぐに知られてしまう。当然彼は、笑いものにされるでしょ。そこで、彼が恥をかくのを防ぎ――私も職を失わないようにするために、もう少し落ち着いた、シチリア王国の雰囲気にしようと決めたの。

彼の創立した会社は株式公開を控えていて、十月まではインテリアについて話をする暇なんてない、と言われた。そこで私はアイデアを捜しにここまで来たの。共用部分については、だいたいのデザインはもうできたわ。バスルームも終わっていて、次はモザイクを埋め込んだテラスを仕上げなければならないの。ここには中央にライオンの模写を配置し、テラスの周辺にはヤシの木を置く予定よ。すごく気に入ってもらえるはず。テラスにも地中にヒーターが埋めてあって、雪が積もらないのよ」彼女は首を振ってから、さらにワインを飲んだ。頭を後ろに傾けると、白くほっそりとした喉元があらわになった。

ステファノは完全に魅了されていた。ボストンに住みながら雪が積もらないテラスを欲しがる頭のいかれた天才を相手にきちんとビジネスをしようとするプロ意識の高い彼女に、そして美しいものを創り出す力を持った美しい女性に。

彼女がステファノのほうを向いてほほえむと、彼の五感にぱっと火がともり、弾《はじ》けていった。カーテンがふわりと舞い上がり、突然夜風が吹き込んでキャンドルが揺れる。うっとりするような匂い――そこには〝女〟というものが含まれていて、それが彼の脳をまっすぐに刺激した。皮膚が突っ張るような気がする。ステファノという存在が内側から膨らみ続けて、皮膚がそれを抑えておけず、熟れたイチジクみたいに中から弾けてしまいそうだ。脚のあいだの分身が、まさにその状態にある。そのことに気がついて、彼はため息を吐《つ》いた。

　脚のあいだが重たく感じる。かなとこでもぶらさげているみたいだ。ただし、かなとこは固定して使うから動かない。ところが脚のあいだのものは、ステファノがジェイミーのほうを見るたびに、血液を集め彼女のほうへ近づこうとする。暗い砂漠の中で井戸を掘り当てようと長いあいだダウジング（二本の棒を振り子のように使って水や鉱物を掘り当てる手法）を続け、やっと水脈を見つけたときのダウジング棒みたいだ。

　彼女のほうを見ないでいるのは不可能だ。

　ジェイミーの顔はキャンドルの明かりによく映える。滑らかな肌、整った目鼻立ち、彫りが深くてどきっとするような影ができる。

　魅力的な女性の顔を見るのは本当に久しぶりだという気がする。いや、考えてみれば、実際に見ていない。何度も顔を合わす女性はローザだけで、きわめて有能な家政婦であり、掃除洗濯はもちろん、料理の腕も抜群なのだが、口回りに生えているのは産毛と呼ぶには濃すぎ、特別班の者たちの口ひげよりも立派だ。

　目の前の女性とはまったく異なる。ジェイミーに対しては、ここだ、とはっきり説明できない魅力がある。もちろん彼女は美しいが、ミラノで暮らしていたときにも、彼の周囲に美女は大勢いた。あの暮らしはたった三年ほど前のこと、何十年も昔の話ではない。ミラノの女性は、自分の外見に非常に気を遣う。中流以上の暮らしをする女性なら、乱れた髪をそのままにしておくことはないし、何歳になっても顔にしわができるのを許さない。

しかしジェイミーには自然のままの美しさがある。形成手術で人工的に足したのではなく、知性とユーモアで美しさを際立たせている。

「何?」ジェイミーが怪訝《けげん》そうにたずねた。

ステファノも我に返る。「何とは?」

「あなた、じっとこっちを見ていたわ」

確かに。やれやれ。「そうなんだ、君を見つめていた。今の俺は、レディの食事相手としてはふさわしくないだろうな。俺の配下の特別班の者たちは優秀なやつばかりで、命がけで俺の身の安全を守ってくれるんだが、女性を相手にするのとは訳が違うから。女性の扱いに関しては、退化してしまったみたいだ。俺が中学生の頃、初めて英語の本を親戚《しんせき》からもらった。『蠅《はえ》の王』(何度か映画化されているウィリアム・ゴールディングの作品。無人島に流れ着いた少年たちが秩序を失っていく)だ。強烈な印象が心に残り、そのとき法を守る重要性を悟ったんだ。人間の本質には残忍性があり、残忍なやつらから身を守るためには、あるいは自分が残忍にならないでいるためには、法律が必要だと認識したのもそのときだったように思う。ときどき俺は、自分が野性に戻り、残虐な動物へと退化していないか、自分に問いかける」

ジェイミーは真顔になり、ステファノのほうへ顔を近づけた。「心配する必要はないわ。あなたにはほら貝なんて、当分必要なさそうよ（『蝿の王』では、少年たちは当初、秩序を守るためにほら貝を手にした者だけが集会で発言を許されると決め、これが文明社会の象徴ともなった）」彼女の手が伸びてステファノの甲に重なる。「ただし、あなたは検事の手をしていないわね。これは格闘家の手よ」

彼女に触れられた衝撃で、ステファノはびくっとした。どうして彼女の手はこんなに冷たいのに、燃えるような熱さを感じるのだろう。

「俺は格闘系のスポーツが好きだ。緊張をほぐすのには、武道、中でも柔道がいちばんさ。道場で自分を鍛錬しているうちに、ストレスは解消する。うちの特別班の者にも何名か強いやつがいて、互いに技を磨き合う。中でもひとり、非常に強いやつがいる」

「ブザンカ警部補ね」

ステファノは驚いた。「ああ、俺といい勝負になるのは、あいつぐらいだな。たいがいあいつを相手にする。俺は正式に柔道を習ったが、あいつは独学だ。パレルモの中でも特に治安の悪いヴァッセリアという地区の出身なんだ。そのために独特の勘が備わっていて、たいがいは正式な訓練を受けた者を打ち負かせる。しかし、いったいどうしてわかった?」

彼女が手を彼の手の下に入れ、二人の手のひらが合わさった。すると彼の脚のあいだのものがびくっとして硬さを増し、彼は無意識に腰を少し突き上げてしまった。ああ、どうしよう。手と手が合うだけでこんな状態になるのだから、無事に食事を終えられる自信がない。そのうちズボンの中に欲望を放出してしまいそうだ。

彼女は肩をすくめた。「そうじゃないかなと思っただけ。あの人、すごく怖そうに見えるし……私のことがあんまり好きじゃないみたい」

やれやれ。彼女から目を離せず、吐息だけを漏らす。「まあ、確かにそうなんだ。あいつは君を恐れているんだよ。俺にとって危険な存在だと思っている」

彼女の手がわずかに震える。彼女は穏やかで何も感じていないようなふりをしているが、実際は彼女のほうも触れ合うことで興奮してきているのだ。

「危険な存在?」重ねた手を見ながら、ジェイミーは短く笑った。ステファノの手はオリーブ色で大きくてごつごつしている。彼女の手は白くほっそりとしている。芸術家の手だ。「危険なんかじゃないわ。私のことを恐れる人がいるなんて、信じられない」

「いや、じゅうぶん危険だよ」ステファノは静かに答えた。「非常に危険な存在なんんだ。俺自身にとっても、俺の任務にとっても。集中力が途切れたら、できない仕事なんだ。俺が捕らえようとしているのは、暴力に訴えることしか能のない連中だ。だから俺も他のことに気を取られていてはいけない。それなのに、今日一日、俺の頭の中には君のことしかなかった。書類を見ても、君の顔がそこに浮かぶんだ」彼の声がかすれる。「そして想像した……こうすることを」

5

彼の唇を自分の口に感じた瞬間、ジェイミーは何もかも忘れた。熱い風に乗って、どこかに運ばれていく感じ。自分を抑えておく能力や常識も、遠いところに飛んでいった。今はただ、彼の口が自分の口に重ねられていることしかわからず、触れ合ったところから熱と電気的な刺激が体内に広がっていく。

さっきよりも濃厚なキスだった。彼は大きな手でジェイミーの後頭部を支え、舌で口の中を探る。もう一方の手は背中に置かれ、強く抱き寄せられる。

すぐにジェイミーのほうからももっと彼に近づこうとしたのだが、体の向きを変えようとしたせいで、今自分たちがかなり無理な姿勢を取っていることに気づいた。すると彼はジェイミーの体を片腕だけで抱き上げ、互いの正面が向き合うように自分の膝《ひざ》の上に座らせた。当然だが、彼女の脚は開き、ドレスの裾《すそ》はめくれ上がった。彼の体にまたがる格好になったのだ。

彼は、驚くほどたくましくて力に満ちている。こんなに男らしい人に触れたのは初めてだ。軽々とジェイミーを片手で持ち上げても、呼吸ひとつ乱さない。小さな子どもを抱き上げたみたいだった。

こうやって彼の膝にまたがるのは、ベッドで抱き合っているのと変わらない。二人の口が溶け合う。ジェイミーは片腕を彼の首にかけ、もう一方で彼の上腕をつかみ、上体を倒した。キスで頭がぼうっとしてきて、ジェイミーは彼にしがみついた。相手のコットンのシャツと自分の伸縮性のドレス生地を通しても、たくましい筋肉が動くのを感じる。もう裸同然だ。彼の体が熱を放つ。彼の脚のあいだが特に熱く感じられ、それに呼応するジェイミーのその部分の熱と混じり合う。

彼がものすごく興奮しているのがよくわかる。ドレスの裾はめくれあがって腰のあたりに広がっているので、勃起《ぼっき》したものの大きさを肌がはっきりと感じ取る。服の布地が邪魔で、蚊《か》が耳の周囲で飛んでいるときみたいに苛々《いらいら》する。彼の手が背中を滑ってヒップに当てられ、彼女の体をさらに引き寄せる。シルクのパンティの下にある部分が、彼のものを受け入れようと開く。彼のものが居場所を見つけたようにそこに納まる感じが心地よい。布地越しでも距離が近く、互いの舌がこすれ合うたびに、彼の分身が血管を脈づかせるのまでわかる。

自分が彼に何をしているのか、明確に感じ取れる。これは親密に体を触れ合わせることでしかわからない感覚だろう。ジェイミーは少し腰を上げ、自分から濃厚なキスをした。顔の位置が高くなり、彼が少しのけぞるように頭を上げる。

ああ、すてき。彼の唇はどうしてこんなに気持ちいいのだろう。ジェイミーはさらに濃密なキスができるよう顔の向きを調整した。舌がくすぐったい。舌が絡み合う感触が、直接子宮に届く。撫でられるたびに、下腹部に血が集まる。彼の手がジェイミーの頭とヒップを支え、ちょっとしたダンスをしているみたいに思える。彼が舌を出し入れするのに合わせて、ジェイミーの脚のあいだがひくひくと動き、彼のものを誘う。すると彼のものはいっそう勢いを増す。

今になって、やっとわかった。これまで自分がいかに男性を冷静に見ていたか。たいてい頭脳はさまざまな周囲の状況を考慮し、ウディ・アレンの映画のように心の声があれでもない、こうでもない、と批評を繰り返す。悪意に満ちたコメントを考えつくときもある。

たいていの場合、不快感を覚えるのは美的センスの問題だった。

香水が強すぎる、キスがへた、彼のジャケットのジッパーが肌に食い込んで痛い……ああだ、こうだ。常に何か気にかかることがあり、そのせいで完全には行為に没頭できずにいた。キスされて性的に興奮しているジェイミーとは別の自分が必ずどこかにいた。

これはそういった経験と根本的に異なる。客観視などできない。美的センスなどどうでもいい。生身のジェイミーが存在するだけ。さらに、キスされている、というより、自分から積極的にキスしている。

嘘《うそ》みたいだ。

今起きていることのすべてが……新しい。これが正しいのだという気がする。キスの技巧を考えたり、離れたところから自分を見たりということもない。この男性と一緒にいる自分が、あるがままのジェイミーのすべて。彼女がすることのすべてが、ぴたりと彼の動きに合う。キスしたのは二度目なのに、もう千回以上も練習したみたいな感じ。彼がさらに濃厚なキスをしようと顔の向きをずらしたときも、彼女のほうは口の位置を調整する必要さえなかった。

二人の体が一緒に動く。二人の人間が極限まで親密さを深められるよう、自然が定めた動きだ。

二人の呼吸が一緒に荒くなる。彼の心臓がものすごく速く脈打っているのをジェイミーは感じ取った。自分の心臓と同じだ。

ステファノの大きな手が、彼女の髪をつかむ。そっと髪を後ろに引かれ、彼の口が離れた。何分も水の中にいたかのように、彼は深く息を吸い込んだ。

「ああ、ジェイミー」彼の口調が荒々しい。「ここでやめないと。今すぐやめないと、もう——」

嫌だ。絶対にだめ。やめるとか、止まるとかいう単語が入った文章はすべて許せない。やさしく穏やかなジェイミー・マッキンタイヤ、これまで必ず衝動を意志の力で抑えておけた女性——そんな女性が、今や炎となって燃え盛っている。人間がここまで興奮できるとは知らなかった。今やめるなんて、あり得ない。

そこで彼女は彼に最後まで言わせず、彼の口を自分の唇で覆った。

それがスイッチだったかのように、彼の大きな体が、びくっといちど、さらにもういちど反った。口をくっつけたままうめき声を上げながら、彼はヒップをつかんでいた手をジェイミーの膝の内側に置き、腿《もも》をなぞって上へ滑らせる。彼の手は、見た目として法律家っぽくないが、感触もとても検事のものとは思えなかった。表面がざらざらして猫の舌みたいだ。触れられるとさっと毛が逆立つ。彼の手はそのまま腿を上がり、脚の付け根に達する。中央部分に手のひらを当て、指を押しつける。指が直接肌に触れるのを妨げるのは、ごく薄いシルクだけ。

彼の指が、ジェイミーのその部分をなぞる。途中で開いた部分のすぐ上を軽く押していく。その瞬間、ジェイミーの体に電気が走り、甘いうめき声が漏れた。

すると彼はさっと手を離した。布地が裂ける音が聞こえたが、ジェイミーには文句を言う暇もなかった。自分の秘密の部分に彼の麻のズボンが直接こすりつけられているのがわかる。

彼の腰が動き、麻生地の下に勢いよく自分のほうへと向かってくる彼のものを感じる。ジェイミーはさらに強く彼のものへと押しつけられた。先端部が中へ入り込もうと——ああ、だめ、もう絶頂を迎えてしまいそう。

「さあ」彼の声が聞こえ、また唇が合わさった。

ステファノがジェイミーの体を持ち上げ、手を二人のあいだに入れる。金属がこすれる音、彼が腰の向きを変える。ジェイミーの肌に、彼の下腹部と腿の毛のざらっとした感触があった。

彼は位置を調整して——強く腰を突き上げると、もうジェイミーの中にいた。

彼は額をこつんと重ね合わせた。「今すぐ……言っておかないと」あえぎながら彼が言う。「今ならまだ、引き抜ける——と思う。たぶん。三年間セックスしていないし、血液検査は定期的に受けている」

言われるまで、ジェイミーはそういうことを考えもしなかった。頭がどうかしている証拠だ。すう、はあ、と何度か呼吸して、頭を回転させようとする。彼のものが引き抜かれるかもしれない、と考えるとパニックを起こしそうだった。「私もよ。しばらくセックスはしていない。定期的に献血をしている」

二人ともぴたりと動きを止めていた。この行為が体への大きな負担だとでも言うように、互いにじっとしている。ステファノは、先端部が入口を覆うぐらいのところまでそろそろとジェイミーの体を持ち上げた。「つまり……このまま続けていいんだな？」

「ええ」

その瞬間、彼が激しく腰を突き上げ、できるだけ深く奥のほうまで自分のものを入れた。

彼のものは巨大で、本来ならこんなに勢いよく貫かれたら痛みを感じていただろう。しかしジェイミーはひどく興奮しており、体が彼のすべてを受け入れようと準備を整えていた。こんな体験は初めてだった。何のためらいもなく、ただ彼を歓迎した。

呼吸を止めていた二人は、相手の口から深く息を吸い始めた。

「神よ《ディオ》」ステファノは目を閉じて、苦痛に耐えているような顔になった。

「本当にね」ジェイミーは彼の口の中にそうつぶやいた。

「少しでも動けば、俺は終わってしまう」彼のかすれた声が官能的だが、とまどいも感じ取れる。

「わかっているわ」ジェイミーも同じように感じていたのだ。火をつけたダイナマイト棒になった気分。今にも爆発しそうだ。

「どうすればいい？」

どうすればいいか、ジェイミーにもわからなかったが、彼女の体は答を知っていた。自分の体の奥深くへ、もっと強く彼を引き寄せ、そのあと体を持ち上げた。こすれることによる刺激は強く、彼女の中で熱いものが煮えたぎっていく。今度はもういちど腰を落として彼を深く迎え入れたが、手遅れだった。何かがどんどん彼女の体の中で蓄積され、それが大爆発を起こしたのだ。ステファノをつかまえている部分がいちど、さらにもういちど、痙攣《けいれん》するように小刻みに動き、彼女は大きな歓喜の高みへと押し上げられた。短い間隔で収縮する体の奥が、彼のものをきつく締め上げていく。

彼の胸の奥から低いうなり声が聞こえた。ジェイミーのヒップをつかむ彼の手に力が入り、何度も彼女を突き上げる。彼のものが大きく脈打ち、激しい勢いで彼の欲望が自分の中へ解き放たれるのを彼女は感じた。

絶頂を迎えながらも、ステファノがまだ短く腰を突き上げ続けるせいで、いつもならすぐに終わっていたジェイミーの絶頂感がいつまでも続く。今さらながらに思い知った。これまでのクライマックスは、あっという間に終わる、上品なものだったのだ。性器が何度か収縮し、いくぶん緊張がほぐれる。心地よいものではあるが、精根尽き果てる、という感じではなかった。

今回の快感は、それとは根本的に異なるものだ。自分の体が自分のものではなくなり、刺激的な歓《よろこ》びに満ちた暗くて暑いトンネルに落ちていく気分。竜巻に巻き込まれたかのように高く舞い上がり、自分ではどうすることもできない。

手の指、足先、脚のあいだ、体のいたるところで自分の脈を意識する。皮膚の表面を何層かはがれて、むき出しにされたようだ。

ステファノの体が一定のリズムを失い、痙攣のような動きになった。体が彼の命令を無視しているみたいだ。彼が突き上げる力は強く、ぽってりと腫《は》れたジェイミーの敏感な部分は、彼のものがさらに大きくなるのを感じ取った。そして、どくん、と最後に大きく波打つ。

自分の体の中で彼が動き続けるあいだ、ジェイミーはぐったりと頭を彼の肩に預けていた。もうキスをする気力も体力もない。刺激が強すぎて、あとほんの少しで痛みに変わるところまで来ている。

五感のすべてが嵐《あらし》のように荒れ狂ったが、どんな嵐でもいずれは終わる。彼の腰は突き上げるのをやめ、彼も頭をジェイミーの肩に預けた。しっかりと彼女を抱き、呼吸が荒い。彼の分身は少しばかり硬さを失ったものの、まだジェイミーの体の中にある。

子宮を中心にして強烈な快感が渦を巻き、すべての感覚がらせんを描きながらそのまぶしい渦の真ん中へと集まっていく。ジェイミーはようやく自分を取り戻しつつあった。周囲の状況にも気がつき始めた。下腹部がひどく濡《ぬ》れている。脚のあいだできつく彼をつかまえている。夕刻の風で、カーテンが舞い上がり、キャンドルの炎が揺れる。料理とワインの匂《にお》いが強い。かすかに弦楽カルテットの奏でる調べが聞こえる。二人が愛を交わしているあいだ、ずっと音楽が流れていたのだ。

彼の呼吸も落ち着いてきた。二人の体を密着させていた汗も乾き、きつくジェイミーの体を引き寄せていた力も緩んできた。

突然、彼の体からすべての力が抜けた。筋肉がしゅうっと音を立ててしぼんだ感じだった。

「ディオ」ステファノが耳元でつぶやき、そのあと肩から顔を上げてジェイミーの瞳《ひとみ》をのぞき込んだ。眉根《まゆね》を寄せて心配そうな顔をしている。非常に真剣な表情だ。彼の黒い髪がひと房額に落ち、ジェイミーは手を伸ばしてその髪を撫で上げた。

ジェイミーがほほえむと、彼の額にできていた不安そうなしわが消え、満面の笑みに変わった。

「俺に腹を立ててはいないんだな。よかった」最高の知らせを受け取ったかのように、大きくうなずく。「何せ、今のは……」彼が大きな手で、下のほうを示したので、ジェイミーは二人の体がつながっている部分を見下ろした。快楽のきわみ、といった感じだった。極彩色のルネッサンス絵画の題材にでもなりそうだ。ジェイミーのドレスはウエストまでめくれ上がり、脚がむき出しになっている。テーブルは十七世紀の静物画みたいで、鈍く光る銀の皿、水が入ってきらめくクリスタルのピッチャー、フルーツ用のトレーにはみずみずしい紫のブドウとイチジクが盛られている。イチジクは熟しきって、割れたところから黒っぽいピンクの果肉がのぞいている。女性器とそっくりだ。

セックスの描かれた静物画か――何だか面白いな、とジェイミーは思った。

「完璧《かんぺき》よ」彼女は顔を上げ、驚くステファノに説明した。「今のは完璧だったの。あなたは『今のは……』と言って、言葉を切ったでしょ。だから、私がその文章を完成させたの。今のは完璧で、私はすべてに満足した。あなたは？」

彼の頬《ほお》で筋肉が波打つ。「まさか、だめだ。俺はマナーをわきまえた男だと自負しているのに、女性をディナーに誘っておきながら、食事の前に襲いかかるなんて……セックスに飢えた、いかれ男じゃないか」

しかし、たった今人生最高のオーガズムを味わったジェイミーとしては、喜んでその行為を許したいところだ。

彼女は指の背で彼の頬を撫でた。ごくわずかだが、さっきよりざらざらしている気がする。突然男性ホルモンが放出されて、三十分で急激にひげが伸びる、なんていうことがあるのだろうか。考えているうちにおかしくなってきた。

何だかすべてが楽しい。そして興奮する。気持ちいい。

「またほほえんでいるね」ステファノが満足そうに言った。「絶頂を迎えたからかな」

「ええ」それは認めよう。「でも、調子に乗らないで。女性は無理やり奪われるのが好きだ、なんて思わないで」

「そうじゃない。あんなこと、これまでしたこともないんだ。だから調子に乗るなんて、とんでもない。君が不快に感じることは、いっさいしたくない。実は、できればもういちどできないかな、と思っているから。できるだけすぐに」

ジェイミーは笑った。まだ体を離す前の会話としては、おかしな内容だ。今も互いの体液が腿ににじんだままなのだ。

ステファノが顔を近づけてジェイミーの首にキスした。本当にやさしいキス。たった今二人が何をしたかを考えれば、とても慎ましい口づけだった。ところが、ジェイミーの全身にさっと鳥肌が立った。彼女はぶるっと体を震わせ、自分では意識さえしていなかったのに、彼のものを包み込んでいる筋肉にぎゅっと力が入った。

「そうだ」彼のささやきには、男らしく、荒々しい響きがある。

そうだったのだ。

彼のさっきの言葉は、ジェイミーに確認を求めてきていたのだ。彼女の頭はそれを理解していなかったのに、体は理解し、きちんと答えた。血液は全身を逆巻いて、脳ではなくて下腹部へ集まり、やわらかく腫れた皮膚組織が彼女の中心となっているのだ。頭脳が意見をさしはさむ余地はない。

今度の愛の行為はやさしかった。ステファノは鼻先をジェイミーのうなじにすり寄せ、耳の後ろを舐《な》め、やわらかな肌に歯を立てる。そうすることで、彼女の防御を完全に解くことができるとでも思っているかのように、熱心に。自分が彼に対してむき出しの状態になっていくのを、ジェイミーは感じた。あらゆる意味合いで。さらに濡れてやわらかくなり、深く彼を受け入れようとする脚のあいだはもちろんなのだが、腕も広げ、脚も開く。頭も彼を理解しようとする。

そして、心をさらけ出している。

首を一方に傾けて、彼がキスしやすいようにする。ステファノはうれしいのか、動物的な歓びのうなり声を上げる。ジェイミーが見下ろすと、不思議な角度から彼の顔の一部だけが見えた。黒くて濃いまつ毛、尖《とが》った頬骨の先、引き締まった口元。自分の肌と比較すると、彼の肌はずいぶん浅黒い。

彼は何か言葉をつぶやき続けている。低い声で、ジェイミーのイタリア語の知識では理解できない内容なのだが、言葉の調子で意味としては万国共通のものだとわかる。間違いない。何千年ものあいだ、男性が女性に対して使ってきた言葉だ。

この部屋には近代的なものがなく――電灯すらない。そのため自分が十六世紀のプリンセスで、彼がプリンスだと想像するのはたやすかった。闘いを終えて、プリンセスのもとに帰って来た勇敢なプリンスだ。

プリンスの帰還を祝して、召使いが二人だけの宴を用意してくれた。けれどプリンスは、妻であるプリンセスの味をまず確かめたかったのだ。

絶頂を迎えたあとで緩んでいたたくましい彼の腕に、また力が入ってきた。ジェイミーの体の中で、彼のものがむくむくと頭をもたげる。腰が小さく速く、滑らかに上下する。さっきの半狂乱のまま交尾するような動きではなく、それぞれの動きの効果を考えた、抑制の効いたものだった。それでももちろんすてきでわくわくする。実際のところ、さっきよりも興奮する。このあとどうなるかがわかるからだ。

まっすぐに劇的なクライマックスへと導かれるのだ。昼の次に夜が来るのと同じぐらい確実に。これまでのセックスでは、毎回絶頂に到達するというわけにはいかなかった。男性との付き合いの早い段階で、彼女は〝いったふり〟という女性ならではの技を習得した。女性をクライマックスに導けなかったと知ったときの獲物を逃した猟犬のような男性の顔を見ると、いたたまれない気分にさせられたからだ。

今は、ふりをしなくてもいい。その必要は皆無だ。ステファノが自分の中で動き出すのを感じた瞬間から、クライマックスへ昇り詰めつつあるのがわかった。地平線のかなたに見えた稲妻が、だんだん雷をともなって近づいてくる感覚だ。

ジェイミー自身は何もしなくてもよかった。自分の体と気持ちを、そこへもっていこうと努力しなくてもいい。急行列車並みのスピードで、向こうから彼女のほうへ来るのだ。彼の動きのひとつひとつが、炎をさらに高く燃え上がらせる。

二人はきつく抱き合っていた。ステファノの息づかいが激しく、耳元で、はあ、はあと聞こえる。大きな手で彼女のヒップをしっかりと固定し、腰を大きく突き上げる。

そのたびにぱっと炎が上がり、めくるめく快感が彼女の全身を駆け抜ける。

ステファノが体の向きを変え、少しだけ違った角度から突き入れてきた。ああ！太くて長い彼のものが体内の秘密のスポットを探り当てた。彼のものがそのスポットをこすり、強烈な快感が彼女の中でぐるぐると渦を巻く。もうだめ。彼が念を押すように強く突き上げると、ジェイミーは悲鳴を上げ高みへと向かった。彼女が絶頂を漂うあいだ、彼はそのまま腰を突き上げていた。

息ができない。動けない。何も考えられない。ただなすすべもなく、ステファノにしがみつくだけ。脚を椅子《いす》の背に回して彼を引き寄せ、彼のものをできるだけ体内の奥深いところに感じていたい。

やがて二人は動きを止めた。二人とも大きく胸を上下させ、ぐっしょりと濡れて、満足していた。

ステファノがやさしく耳の後ろにキスした。彼の額は玉の汗に覆われている。「間違ってた」うめくように彼が言った。

ジェイミーにはまつ毛を動かすエネルギーさえ残っていなかった。ひと言口にするにも、しばらく時間がかかった。「何を？」

「君は俺を殺すために送り込まれて来たんだ。これじゃ、精気を吸い取られてしまいそうだ」

くすっと笑って、ステファノの肩を叩《たた》く。「違うわよ」自分が殺し屋だという考えがおかしくて、ジェイミーはまた笑った。すると笑いが止まらなくなった。セックスでたくさんのエネルギーを使ったはずだが、それでもステファノには精力がみなぎり、今もその強さが伝わってくる。

ステファノも笑い出し、そのせいで彼のものがするりとジェイミーの体の外に出た。軽々とジェイミーを持ち上げた彼は、自分のすぐそばに彼女を立たせたが、彼女のほうはまっすぐ立っているのもやっとの状態で、何とかがんばって膝に力を入れた。

「脚を広げてごらん」彼がささやく。「それから、ドレスの裾を上げて」

ステファノは麻のナプキンをひとつ手に取り、クリスタルのピッチャーに入っていた水でナプキンを浸《ひた》した。そしてジェイミーの目をずっと見つめたまま、そっとやさしく彼女の脚を拭《ぬぐ》ってくれた。

彼はもう二回も欲望を放っているし、彼女自身もひどく濡れている。普段のジェイミーなら恥ずかしくて、バスルームに駆け込んでいるところだ。しかし、ステファノに体をきれいにしてもらうのは、何だかわくわくする感覚だ。ものすごく親密な感じがするから。粗い麻の生地が敏感になった脚のあいだをこすっていくと、少しだけ刺激がある。ジェイミーはただ立ったまま彼を見ていた。

　彼の手がそっと腿の内側を押し、さらに脚を開かされる。

「こうしていると、どれほど俺がうれしく思うかわかるか?」ステファノの声は落ち着いていてやさしかった。「君の中に、俺の子種がたくさんあると確認できるから」

前後に大きく、ゆっくりと脚のあいだをこすられて、ジェイミーの脚が震え始めた。

彼はドレスの裾をさらに高く上げ、ちょうど真ん中の丘になった部分にキスした。

　腿にはまだ彼の精液が垂れていた。彼は指でそれをすくい、真珠のような色の液体をジェイミーの口元にもってきた。彼女がそれを舐めると、彼は、かっと目を見開いた。少しだけしょっぱくて、また興奮が戻ってくる。

　彼が無防備に体を震わせた。半分勃起した状態で彼の腿の上で休んでいたものが、いっきに大きくなる。「座って」彼が命令した。「座らないと食事が始まらないし、何も食べなかったら、フランチェスコに許してもらえそうにない」

　ジェイミーは裾を持ち上げていた手を放し、椅子に座るというよりは、崩れ落ちた。

自分が三回目のセックスを考えてしまったことがショックだった。ステファノも自分のズボンを整え、ジッパーを上げた。ほどなくして二人は、外見的にはディナーを楽しむ普通のカップルになった。普通のカップルより落ち着いてさえ見えるかもしれない。二人がたった今セックスしたばかりとは、誰にもわからないだろう。しかも二度続けて。

ジェイミーのその部分はまだ腫れぼったく濡れていた。今食事のテーブルに着いているのではなくて、ベッドに横になっているのならよかったのに。性的な興奮が高まるのは、落ち着かないものだ。自分がみだらな女になったように思える。何か他のことを考えなければ。ジェイミーは手近にあった皿を指してたずねた。ブリオッシュ・パンのように見えるが、上にトマトソースがかかっている。「これは何？」

「うーむ」ステファノが手を伸ばし、人差し指で彼女の頬を撫でる。「やわらかだ」つぶやいたあと、はっと我に返ったらしい。「今、何て言った？」

「これ、このお皿にあるもの。食べてみて」ジェイミーは丸いパンにナイフを入れた。よだれが出そうなミートソースの匂いがあたりに広がる。彼女は笑いながら、半分だけ取り分け、残りをステファノの前の皿に置いた。ひと口食べて、目を丸くする。

「おいしい！　これ、何て言う料理？」

彼も自分の分を食べ終えた。「料理の名前は知らないが、とにかくおいしい。今度はこっちだ。食べてみて」彼が白身魚の皿から小さなひと切れを黒オリーブと一緒にフォークに取る。夢のようないい匂い――レモンと潮の香だ。彼に見られたまま、彼のフォークから魚を食べる。

　ほうっと息を吐きたくなるぐらいのおいしさだ。「これはどういう料理？」

「魚料理」彼はもうひと切れフォークに載せて、ジェイミーに食べさせようと待ち構えている。「さ、口を開けて」軍隊の司令官みたいな命令口調だが、向けられる笑顔は愛を交わした男のものだ。

　彼にもたれかかりたくもあり、体を起こしたくもあり、そんな気分。体を起こして椅子から立ち上がり、あの扉を抜けてたいまつのともされた廊下を走り、タクシーをつかまえてアパートメントに帰りたい。独りになって本来の自分を取り戻すのだ。今の彼女は黒魔術にでもとらわれたのか、何の抵抗もできなくなっている。

「口を開けて」

　ジェイミーは口を開け、食べものを咀嚼《そしゃく》し、のみ込んだ。互いを見つめ合い、突然の静寂を意識する。音楽は止まっていた。この世界に、二人だけが遺されたような気がしてしまう。

　ステファノがじっと彼女の顔を見回す。そして口元で視線が止まった。彼の口がふっと開き、息を吐く。「だめだ」

「ええ、だめよ」ジェイミーも同じことを言った。もう一回体を重ねるのは……無謀だ。もうほとんどこの男性に恋をしているようなものだ。このあたりで一歩退却して、距離を確保しておくべきなのだ。普通の人間と同じように、会話能力だってあるのだと、彼に証明しなければ。性的に強烈に惹《ひ》かれ合ってはいるものの、その衝動を抑えておくこともできると確認しなければ。お互いに血迷っただけだったのだとは思いたくない。

ステファノはまたぶるっと震えてから、テーブルに視線を戻した。「フランチェスコはシェフにものすごい高給を支払っている。せっかくの料理だから無駄にはできないよ」次々にいろんな料理をジェイミーの皿へ運ぶ。すべてがおいしそうで、いい匂いがした。

暗い場所に落ちたまま戻って来られないのではないかと不安になっていたジェイミーも、やっと我に返った。五感がきちんと働き、周囲の状況もわかる。魔法のような夜だった。現実の世界とは思えないぐらい。こんな夜を体験することは、二度とないだろう。だから楽しまなければ。彼女は自分にそう言い聞かせた。

イタリア人はコースで夕食を楽しむ。しかし目の前の料理は、ウエイターなしでも楽しめるように、うまく考え抜かれていた。おいしそうな匂いのする何種類もの料理が異なる皿でたくさん用意されている。テーブルの一方にはマジョルカ風の大皿が二つ置かれていて、カノーリやカッサータなどのシチリア発祥のスイーツ、熟したフルーツが盛られていた。

「さあ」二人の皿に食べものを山盛りにすると、ステファノは非常に満足げな様子を見せた。彼が手を付けたのはスティックにした揚げパンにトマトソースを添えたもので、それを口に入れる。すぐに彼が大きく目を見開いた。

ジェイミーも彼の真似《まね》をして揚げパンを食べ、同じように目を見張った。

「これ、何と言う料理？」口の中に何もなくなるのを待ってたずねる。「おいしいわ」

「俺にもさっぱりわからん。ただおいしいってことだけは、わかる」次に彼がフォークで突き刺したのは、ぱりぱりした黄色のものだった。「これもいけるぞ」フォークをジェイミーのほうに突き出し、彼女はそのまま彼のフォークから食べた。

味を堪能《たんのう》するあいだ、ジェイミーは目を閉じていた。ほうっと息が漏れる。目を開けると、彼が自分をじっと見ていた。心配そうな様子さえうかがえる。

「なあに？　顎《あご》にソースでも垂らしてる？」

「違うんだ」彼は視線を合わせたまま首を振った。「ただちょっと……」

「ただちょっと、どうしたの？」

突然ステファノが真剣な面持ちになった。ジェイミーの手を取り、手のひらを上に向けて、キスをする。「話してくれ」

ジェイミーは首をかしげた。「話すって?」

「俺に話をしてもらいたい。人と会話するのも、本当に久しぶりなんだ」

彼の言葉にジェイミーは驚いた。彼の声に憧《あこが》れがにじんでいて、ふと悟った。彼という人が見えた気がした。セクシーな異国の男性としてではなく、カリスマ性のある検事としてでもない。人としての彼、自分の責務を果たすために、多くのことを犠牲にしてきた男性だ。

「話だ」彼がまた言った。「何でもいいから」

ジェイミーは話し始めた。

いずれデザイン・スタジオを持ちたいという夢、奇妙な要求ばかりしてくる顧客、祖父への絶対的な愛情、どんな本が好きか、などなど。二人は好きな本の趣味は異なる代わりに、同じジャンルの映画が好きだとわかった。ハイキングが好きで、スキーが大嫌いなのは二人とも同じだった。ジェイミーは人の本性は善であると考え、ステファノは性悪説を信じていた。技術の発達で時間と労力の無駄は減ったとステファノは感じているが、ジェイミーはその逆だと思っていた。

二人は食事をしながらさまざまな話をし、そのあいだもキャンドルは燃え落ちていった。突然扉をノックする音が聞こえ、ステファノの顔から笑みが消えた。大きな肩ががっくりと落ちる。

ジェイミーはそっと彼の手に触れた。彼はその手を握り、自分の唇へと運んでキスしたあと、立ち上がった。

「十二時だ。真夜中に特別班の者たちの仕事は終わる。俺はカボチャに戻らないと」

ジェイミーは泣きそうになる気持ちを奮い立たせた。ここで涙を見せてはならない。ぐっと口元に力を入れ、これが笑顔に見えますように、と願った。「ばかね、カボチャに戻るのは、馬車よ。それに、あなたの足に合うガラスのハイヒールなんて存在しないわ」

「そうだな」ステファノが差し伸べてくれた手につかまって立ち上がる。彼がじっとジェイミーを見る。ノックの音がもういちど聞こえた。今度はもっと威圧的な叩き方で、遠慮がない。

ほんのわずかの時間で、ステファノは一緒にディナーを楽しむ魅力的な男性から、冷徹でとっつきにくい検事へと変身した。すぐ近くに立っているのは変わらないのに、どんどん彼との距離が広がっていくように思える。

「今夜は楽しかった」

「ええ、私も」

「俺の車がここの敷地の外に出るまで、君にはこの部屋に留まっていてもらわなければならない。あとで、特別班の者たちがここまで君を迎えに来る」

「わかったわ」

ステファノはなおも動こうとしない。またノック音。三度目となる今回はかなり大きな音で、ノッカーではなく直接扉をこぶしで叩いている感じだ。

「明日は電話する時間がないと思うが、きっと土曜日には連絡する。できれば、だが」彼はそう言うと唇を嚙《か》んだ。「もう行かないと」

ジェイミーはうなずいた。胸がいっぱいで言葉が出てこなかった。

「キスはできない。キスし始めたら、やめられなくなるんだ」

彼女はまたうなずいた。

彼は背を向けて、どっしりとした扉へと歩き出した。戸口では、ちょうど特別班のメンバーがまた扉を叩こうとこぶしを上げているところだった。

「行こう《アンディアーモ》」彼の声が室内にも伝わった。扉が閉じられ、ジェイミーは独りテーブルの前に座ってテラスの向こうを眺めた。すぐに特別班の人たちが来てくれるはず。

＊　＊　＊

男は廊下を見渡すと、こっそりと部屋に忍び込み、音を立てないように扉を閉めた。ここには電気などの明かりはなく、キャンドルだけがいたるところに置かれていて、まだ燃え残っている火もある。ゆらゆらと揺れる炎が、薄暗い場所にある程度の明るさをもたらしてくれる。料理の匂いよりも、溶けた蠟《ろう》の匂いのほうが強い。

さらに別の匂いがある。

男は床に落ちていたナプキンを拾い、鼻先へ持っていった。やはり。これはセックスの匂いだ。

部屋のどこにも、おかしなところはない。実際には想像をはるかに越える優美さにあふれた部屋だった。分厚いリネンのテーブルクロス、皿、クリスタルグラス、銀のナイフとフォーク。男がどうあがいても、一生手に入れることができないものばかりであふれている。家に帰ると、男は妻と二人、キッチンで食事をする。キッチン全体の広さが、このテーブルとほとんど変わらないのだ。頭上に見えるのはフレスコ画ではなくて、配管の漏れから広がったしみ。壁を壊して配管工事をやり直さなければならないのだが、経済的にそんな余裕はない。

ベランダの下に広がる風景を見ると、手入れの行き届いた庭園がたいまつに照らし出され、さすがは元王宮だと思う。男の家のキッチンの窓から見えるのは、薄汚れた路地と隣の建物のドアだけだ。

ここは別世界なのだ。自分の命を懸けて守ろうとしているのは、こういう世界なのに。男自身はそこに入ることをけっして許されないのだ。

いや、待て……許される可能性も出てきた。

男は携帯電話を取り出した。ノキア製の非常にシンプルな機器だ。当然のことながら、男もｉＰｈｏｎｅが欲しかった。高くて手が出ないのだ。ただ、通常使っているのはもう少し高いモデルで、これは一回通話したら廃棄する使い捨てだ。

男が番号を押すと、一回鳴らしただけで、相手が出た。

「シ」いつもの低くてよく響く、強いシチリア訛《なま》りの声だ。こうやって電話で話すのが〝大ボス〟本人なのか、その部下なのか、男は知らない。

「二人はセックスした。ディナーの席で」

「確かか？」

男はもういちどナプキンを嗅《か》いだ。「ああ、間違いない」

「よし」受話器からはそう聞こえただけで、すぐに通話が切られていた。

まあ、いい。男としても話したかったわけではないのだ。情報伝達に際してもっとも重要なのは、彼の家の郵便受けに入れられる紙包みだから。百ユーロ札がいっぱい詰まった封筒だ。前回は一万ユーロあった。今回は検事の弱みに関する情報だったから、もっと多くなるだろう。

ステファノ・レオーネ検事にも弱みがあった。じょうずに利用できる弱みだ。そして利用できたときには、もっとずっとたくさんの札が郵便受けに入れられるだろう。

6

翌日、ステファノは特別班のメンバーたちと道場にいた。柔道用のタタミ・マットに背中から激しく落ち、一瞬息ができなくなった。次の瞬間、ブザンカに手を押さえ込まれていた。これでもう動けない。ブザンカの膝《ひざ》がステファノの手首をぐいぐいとマットに押しつける。骨が軋《きし》む音が聞こえる気がする。

「防御が甘かったな」ブザンカが膝に体重をかける。「下半身で考えるからさ、大ばか野郎」

「ちくしょう」ステファノは低くうなった。「ブザンカ、どけ」

ブザンカはばねのようにぴょんと飛びのいた。そして、こぶしを両脇《わき》に下ろし、すり足で円を描くようにステファノの周りを歩く。「三本のうち二本が俺だ」

最初の一本はステファノがかろうじて勝った。通常、ブザンカとはボクシングをするのだが、今日は柔道にしたのだ。体を動かすだけのつもりだったのに、ブザンカのやつ……。通常このような格闘系のスポーツをするときは、体を鍛えると同時にストレスや緊張を吐き出すのが主たる目的だ。つまり実戦のように相手をやっつけようとは考えない。ところがブザンカは完全に戦闘モードだ。ひどく腹を立て、自分が怒っているところを見せつけてくる。

互いに相手の懐《ふところ》へ入ろうとぐるぐると回る。ブザンカは非常に集中していて、黒い瞳《ひとみ》がぎらぎらと燃えている。「情けないやつだな」

まったく、もう。「どうした、ブザンカ。言いたいことがあるなら、全部吐き出せよ」

ブザンカが蹴《け》りを入れてきたので、ステファノは飛びのいた。攻撃するタイミングを見計らって最後の瞬間まで待っていたので、ブザンカの強力な足技が彼のウエアをかすめた。まともにあの蹴りをくらっていたら、この場で伸びていただろう。

「あの女はだめだ」ブザンカは闘牛のように頭を低くしている。好ましい戦闘姿勢とは言えない。動物的な激しい憤りがむき出しになっている。「男をたぶらかす淫売《いんばい》女だぞ、わかるだろ」

そこまで言われると、ステファノの中でも怒りがふつふつとわいてきた。急速に膨らむ憤激に、ステファノ自身が驚いていた。

ステファノはむやみに腹を立てない。常に冷静で、何ごとにも動じないのだ。しかしもしブザンカがもういちどでもジェイミーを淫売女呼ばわりしたら、頭を首から引きちぎってやる、と決めていた。

二人は視線をそらさずに向き合ったまま、ぐるぐると歩き続けた。「俺の問題だ。首を突っ込まないでくれ」敵意に満ちた威嚇的な声が、自分から発せられたことも嘘《うそ》のようだとステファノは思った。

「俺にとって、あの女は大問題なんだよ。何でわからないんだ、ちくしょう」ブザンカが吐き捨てるように言う。「あんたはな、セックスのために、自分の命を危うくしているだけでなく、俺たち全員を危険に引きずり込もうとしているんだ。ああ、確かに美人だよ、彼女は。だが、そこまでの値打ちはない」

ステファノは無言で飛びかかった。鋭いタックルだった。攻撃の型などはどうでもいい。相手をやっつけさえすれば。ステファノは持てるだけのパワーでまともにブザンカに襲いかかった。一秒後にはブザンカはマットに仰向けの状態で、ステファノの腕に首を押さえつけられていた。ステファノは相手の喉元《のどもと》を押さえつけている。強く。さらに強く絞め上げていくうちに、ブザンカの顔が紫色になっていった。

ブザンカは抵抗するそぶりさえなく、ただステファノを見上げている。ステファノの息づかいが大きく部屋に響いた。

特別班の他のメンバーたちは、いつもならステファノとブザンカが闘うのを喜んで見ているのだが、何も言わなくなっていた。これまで存在しなかった何かが、突然あたりに漂った。ステファノはブザンカと鼻がぶつかるところまで顔を近づけ、他の者に聞こえないよう、ごく低い声で言った。

「よく聞いておけ、このくそ野郎。おまえは毎日、妻の待つ自宅に帰る。おまえには子どもだけじゃなく、甥《おい》や姪《めい》までいる。週末にはビーチに出かける。つまりな、おまえにはまともな生活ってものがあるんだ。俺はこの三年間、檻《おり》の中で暮らしてきたのも同然だった。危険に引きずり込むな、なんてことを俺に言いたいのなら、そこのところを、よく考えてからにしろ」

ブザンカは降参だ、と言わない。彼がマットを手で一回叩《たた》けば、ステファノはすぐに腕を緩めて立ち上がるのに。ただ、プライドの高いブザンカは、負けを認めなくないのだろう。

「俺は彼女が好きだ。好き以上の気持ちがある。彼女と一緒にいると、生きている実感がわいてくる。俺がどうしてこういう仕事をしているのか、彼女は思い出させてくれるんだ。だから、彼女のことはほうっておいてくれ。おまえがとやかく言う問題じゃない」

ブザンカはステファノに首を絞められたままうなずいた。ステファノはそれを見て、さっと立ち上がったが、自分の行為を恥ずかしく感じないでもなかった。ブザンカも立ち上がりはしたものの、まだふらふらしている。二人は互いに見つめ合った。友だちだったのに、今や敵だ。

ブザンカがにゅっと手を差し出し、ステファノはその手を取って、握手した。また友だちに戻れた。

ステファノは短くうなずいた。「よし、裁判所に戻ろう。これから旅行だ。準備してくれ」

＊＊＊

「荷物をまとめろ」

土曜の朝、電話で起こされたジェイミーは時計を見た。八時半。「今、何て？　朝の挨拶《あいさつ》は抜きなの？」

「おはよう、お寝坊さん」太い声に楽しそうな響きが混じる。どうやらずっと早くから起きているようだ。「二日ほど、旅行に行こう。特別班の者に迎えに行かせる。一時間後だ」

ええっ？「荷物って、何を用意すればいいの？」

「旅行先で楽しむのは、太陽と水泳と……」三つ目は何か、言わなくてもわかる。面白がっている調子がまた彼の声ににじむ。セックスだ。そう思うと、ジェイミーの体を興奮がぴりぴりと駆け抜ける。

「行き先はどこなの？」

彼の声から楽しそうな調子がさっと消えた。「悪いが、それは言えない。教えてやりたいと、俺自身も思うんだが。ただ、がっかりすることはないと保証する」

もちろんだ。ジェイミーが失望するはずはない。北極でエスキモーの雪の洞窟《どうくつ》暮らしを体験する、と言われたって平気だ。ステファノがいれば、それでじゅうぶん。

ジェイミーは旅行用の荷物をまとめ、最後にふと思いついて、スケッチブックとスケッチ用の鉛筆も入れた。どこに行くのかはわからないが、イタリア国内だろうし、それならどこでも美しいはずだから、時間があれば何かをスケッチしたい。

残念なのは、祖父に電話ができないことだ。今向こうは午前一時で、夜中に祖父を起こすようなことになっては申しわけない。ただ、祖父が家にいるのかどうかもわからないのだ。

ジェイミーの顔が不安に曇った。昨日も祖父と連絡を取ろうと、一日努力したのだが、留守番電話にもなっていない。電話に出ないのも、ジェイミーに何も言わずにどこかへ旅行に出かけるというのも祖父にしては珍しい。ただ、祖父が病気であれば、誰かから連絡が来るはずなのだが。

そう思っているときにノックの音がして、ジェイミーはびくっとした。ステファノ配下の特別班の人たちがもう到着したようだ。

ジェイミーはドアを開け、黙って警備上のいつもの儀式に従った。やれやれ。今日の服装はシルクのTシャツと薄手のコットンのカプリ・パンツ、足元はサンダルだ。それでもなお念入りにボディチェックされた。バズーカ砲をどこかに隠し持っているとでも考えているのだろうか？

ショルダーバッグと旅行用のバッグも検査を受ける。スケッチブックを見て、ブザンカは一瞬どうしようかとためらったようだが、結局中のスケッチまでぱらぱらと確認した。さすがの彼も、ヤシの木と建物の天井部分と海岸べりの公園を描いた絵に何ら不審なところはないと認めざるを得なかったようだ。

ところが彼は、鉛筆も一本ずつ調べた。本当の筆記具かどうかを確認しているようだが、これが鉛筆でなければ何なのだろう？　考えてもジェイミーには見当もつかなかった。芯《しん》の先から毒物でも出す凶器？　いや、そんなものを使えば、ジェイミー自身が毒にやられてしまう。

スパイというのは、きっとすごく疲れる職業なのだろう。

ブザンカはすべてを丁寧に元どおりにしてバッグに片づけた。彼の目が冷たく、よそよそしい。その後階段を下りて、待たせてあった三台の警察車両のうち、真ん中の車にジェイミーと一緒に乗り込んだ。

車は出発すると北に向かって猛スピードで走り出した。歴史のある旧市街を離れ、コンクリートの建物が並ぶ荒廃した郊外を抜ける。

ここがマフィアの本拠地だ。このあたりのマフィアはコンクリートが大好きだ。旅行の前に下調べをした際、書物で知った。コンクリートの建物は、マフィアに似ている。重たくて威圧的で、醜い。旧ソ連で奇怪なコンクリートのビルがいっぱい造られたのも同じ理由だろう。どちらの背後にある力も同じ種類のものだ。残酷で問答無用。

イタリアは美を崇拝する国なのに、こんな建物を造るのは、マフィアが残忍性を誇示したいからなのだろうか。ステファノの敵はそういう連中だ。彼はただ、ものすごくセクシーで強烈なまでに魅力的な男性というだけではない。正義のために闘う男、暗黒街の力を打ち砕くためなら身の危険もいとわない人だ。

　ジェイミーは彼のもとで働く特別班のメンバー、たとえばブザンカ警部補を違った方向から考えてみることにした。車の助手席で強ばらせた背中、流行遅れの髪型、仕事ひと筋で実利主義――けれど、彼が望むのはステファノの無事だけなのだ。ジェイミーがステファノに危害を加える心配はいっさいないが、ブザンカをはじめとする特別班の人たちは、実際にジェイミーが危険な存在だと思っているのかもしれない。少なくとも、ジェイミーのせいでステファノが用心を怠る可能性はあると考えているようだ。

　そう気づいた彼女は、行き先もわからない車の中でただ黙っていた。そのうちどこかわかるのだから。

　やがて車は空港に着いた。いや、飛行場と言うべきか。シチリア島に到着したときに使用した空港ではなく、存在すら知らなかった、飛行機が離着陸するだけの施設。どうやら軍が使用する飛行場らしい。飛行機の機体はくすんだグリーンに塗られ、両側にＥＩと描かれている。イタリア陸軍《エセルディート・イタリアーノ》の軍用機だ。車はそのまま滑走路へと入り、大型のヘリコプターの前で停まった。車が停まるとすぐにヘリのローターが回転し始めた。車のドアが開き、特別班のメンバーのひとりが機体から降ろされたほんの数段のタラップを示す。

ジェイミーはためらった。ヘリコプターにはこれまでいちども乗ったことがない。あたりを見回すと、今回の任務のために集められた男性たちだけがいる。全員が、ジェイミーを決められた時刻に決められた場所に移動させるよう命令されているのだ。つまり、もう抵抗しても遅い。何だかわからない大きな力が自分を前に押し出そうとしている感じがする。

彼女はタラップを上り、少し頭をかがめて機内に入った。中は六席あり、他の五席にも警察官が座った。最後の男性がホイールのついたジェイミーのバッグを持って乗り、客席の下に慎重に押し入れた。

ブザンカ警部補がヘッドセットを手渡し、身振りでベルトを締めるようにと伝える。機内はすでにかなりうるさくて誰の言葉も聞き取れない。意思の疎通はジェスチャーに頼るしかない。かちっとベルトを締めると、それが合図でもあったかのように、機体がぐっと持ち上がった。胃が締めつけられる感じがしたが、ヘリは尾翼を高く上げ急旋回して飛び立った。

男性たちの唇が動いているところを見ると、互いに会話しているようだ。ジェイミー以外の全員につながる回線があり、彼女だけがそこに参加を許されていないらしい。

彼女のヘッドセットはただ騒音を緩和するためにあるだけだった。彼女だけが仲間外れ、というわけだ。

なるほどね、とジェイミーは思った。それならこっちは独りで空の旅を楽しむわ。行き先がどこだかは知らないけれど。

軍用地は海の近くにあり、最初はヘリも海岸線に沿うように飛行を続けていた。まぶしいぐらい真っ青な海を左側に、オレンジやレモンが茂る緑の低い丘陵地を右に見て進む。レンガや石造りの建物が並ぶ黄褐色の市街地の上を通過し、海に切り立つ断《だん》崖《がい》上空でホバリングした。ロマネスク様式の大聖堂が昼近い太陽に照らされて淡い金色に輝いている。高い崖《がけ》に乗り上げた石の船みたいにそびえている。この大聖堂の写真なら見たことがある。けれど実物ははるかに美しい。チェファルの町に来たのだ。

ヘリは突然右方向、つまり陸のほうへ旋回した。厳しい陽射しを受ける町の上空を通過すると、家が点在する鈍い褐色の畑が見えてくる。家と言うよりは要塞《ようさい》のようにも見えるが、周辺にはキョウチクトウやウチワサボテンがある。

そのまま四十分ほど経過して、眼下にはまた海岸線が見えてきた。箱庭のように美しい丘づたいに、ピンクのキョウチクトウのあいだをぬって走る曲がりくねった道の上空を進む。

このあたりの風景は生命力にあふれ、緑が萌《も》え出しそうだ。点在する別荘にはそれぞれに魅力あふれる庭園があり、その境界にある壁はブーゲンビリアの花で覆われている。ギリシャ風遺構の上空を過ぎる際に見下ろすと、ヘリコプターの影が円形劇場の石の客席段の上を移動していた。オリーブとオレンジの林の中で、優雅な半円形の古代劇場がアクセントになっている。上品な針葉樹が鉛筆のようなてっぺんを空に向け、緑の兵隊みたいにあちこちに直立している。その周囲にはヤシの木があるが、中には見たこともないほどの大木もある。ヤシの木は成長が遅く、あれだけ大きなものは、おそらく樹齢数百年にもなるはずだ。

そのときブザンカの手を腕に感じて、ジェイミーはぎくっとした。彼は親指を下に向けている。いよいよ到着だ。

そのときになってやっとわかったのだが、ヘリは高台になっているところを目指しているようだ。急激に高度を落とし、着陸態勢に入る。ヘリが旋回する際に、一瞬だが遠くに高い山が見えた。熱に揺らめいて見える山の頂上から、煙が上がっている。

あれは！　ジェイミーは息をのんだ。

エトナ山だ。何世紀にもわたり、詩人や画家に創作の題材とされてきた活火山だ。

その前にあるのは、つまりタオルミーナの町。ぜひとも見たいと思っていた、有名な保養地なのだ。夢の高級リゾートが、ゆっくりと眼下に近づいてくる。びっしりと粒の小さな砂利を敷き詰めた細い道の両端には黄土色や黄褐色、さらには薄いピンクの建物が並んでいる。道路はあちこちで形も大きさもまちまちの広場につながる。広場の前にはカフェがあり、店の前に色とりどりのパラソルが置かれている。町全体は花でいっぱい、いわば花の町だ。花は、バスタブぐらい大きな素焼きの鉢に植えられていたり、壁を伝って伸びたり、バルコニーの錬鉄《れんてつ》の手すりに絡みついたりしている。

ヘリのスピードがかなり落ちてきて、あたりの風景にジェイミーの意識が向けられるようになった。芸術家としての視線があちこちにあるちょっとした美しいものをとらえ、この町のことをあれこれ知ろうとする好奇心を満足させる。ヘリの機影が大きく、観光客や住民が何ごとだろうと空を見上げ、まぶしげに目の上に手で覆いを作る。女性たちはローターの風に裾をめくり上げられないよう、サンドレスをぴったりと体に押さえつけている。観光客は人種も年齢もさまざまだが、全員が夏らしい鮮やかな色合いの服を着て、また誰もが幸せそうな顔をしている。タオルミーナは昔から訪れる人を幸せにしてくれる場所として有名だ。

ステファノは、どんな手を使ったのか――いったいどうすればこんな場所で予約が取れたのだろう？　何と言ってもタオルミーナなのだ。もちろん二人で街路を歩くことはセキュリティ上できないだろうが、そんな姿を想像すると、ジェイミーはうれしくなった。ともかく、この場所に来るのがジェイミーの夢だった。

市街地から少し離れた高台にある空き地にヘリは着地した。素焼きの陶器がヘリパッドに敷き詰めてあるだなんて、世界広しと言えども、ここだけだろう。ヘリパッドは、ジェイミーたちが乗っているヘリがぎりぎり着地できるぐらいの大きさだったが、パイロットはベテランらしく、ヘリパッドのちょうど中央部分に、ぴたりとヘリを下ろした。その後、エンジンが切られる。ジェイミーは待ってました、と言わんばかりにヘッドセットを取り去り、突然の静寂をありがたく思いながらあたりを見回した。

特別班のメンバー五名もヘッドセットを取り、即座に行動を開始した。ほんの一、二分の内に、また小さなタラップがヘリに取りつけられた。五名は内輪の話をしていたが、やがて警護体制に入った。険しい表情で、ひと言も語らず、ジェイミーの身辺を警戒する。

彼女は押されるようにしてアーチの下をくぐり、奥行きのある涼しい内庭を抜け、太い柱に支えられている屋根つき回廊に出た。振り向くと警護の五名のうち三名がヘリへ戻ろうとしていた。残った二人は歩哨《ほしょう》役とでもいうのか、彼女に背を向け、建物とは反対方向を見ている。

「シニョーラ?」太い男性の声に、ジェイミーは驚いて振り返った。背は低めだが、筋肉質で非常にハンサムな中年の男性がこちらに向かって歩いて来る。ジェイミーの手を取り、深々と頭を下げてから体を起こし、ほほえんだ。「あなたをお客さまとしてお迎えできることを光栄に思います。言うまでもありませんが、レオーネ検事にお運びいただくのも大変うれしく思います」

　この声には聞き覚えがあるような。「あなたもしかして、カルデローネ殿下のご親《しん》戚《せき》かしら?」

　男性が笑い出した。「美人であるばかりか、細かなことによく気のつく女性ですね。この二つを持ち合わせる女性にかかれば、男性に勝ち目はありませんよ。ええ、シニョーラ、私は彼のいとこに当たり、パオロ・トラッカと申します。ラ・ロンディナイアの所有者ですので、何なりとお申し付けください」

　ジェイミーはぽかんと口を開けそうになった。ツバメの巣《ラ・ロンディナイア》ですって? 五つ星どころか、いくつ星を付けても足りないと言われる高級ホテルで、ジェイミー自身は部屋の空きを問い合わせてみることさえあきらめた。あたりを見回すと、どこも美しい。ただほとんど人の姿が見えない。室内の明かりに目が慣れてきたためだろう、回廊の後ろには、きれいに磨き上げられた曇りガラスがあるのがわかった。そのさらに向こうにはロビーがある。ここも、すばらしい、という言葉だけではとても言い表せないほど豪奢《ごうしゃ》な場所であたりには人影すらなかった。フロント・デスクの係の者もいない。

「トラッカさん」

「どうぞ、パオロ、と」彼は自分の肘《ひじ》にジェイミーの手をはさみ、もう一方の手で軽く合図した。ベルボーイが飛ぶようにして目の前にやって来て、ジェイミーの荷物を運んでくれる。ジェイミーたちはまた回廊を歩き、ロビーへと向かった。ロビーは涼しくて、ほうろうびきの鉢に入ったレモンの木から芳香が漂う。大きなロビーには雑談用のスペースが設けられている。ただ、不特定多数の人が使う場所というよりは、贅《ぜい》を凝らした自宅といった感じを受ける。十八世紀の芸術作品が、あちこちに飾られていて——壁の一面を占領しているのは古い本がぎっしり詰まったアンティークの書棚で、牛を丸ごと一頭ローストできそうなぐらい大きい、凝った彫刻の施された大理石の暖炉もある。

パオロが急《せ》かそうとはしないので、ジェイミーはたっぷりそれらを眺めることができた。また彼のほうを向いて笑みを投げかけると、彼も笑顔を返してくれた。

「さて、あなたとステファノのお二人は、この場所を好きなように使ってください。うまい具合に、ホテルは現在修理中で、営業していなかったのです。お二人のために、ロイヤル・スイートを用意しました。専用のプールもあります。厨房《ちゅうぼう》もお二人のために料理を用意しています。しかし、警備の者以外には誰もおりません」彼の黒い瞳がジェイミーをひたと見据える。面白がる様子や親切な感じがいっきに消え、世間の辛さを知っている男性ならではの厳しい眼差しになった。「ここなら安心です。私が保証します」

彼の言葉の意味をジェイミーは理解した。さらに、ステファノが、ひいてはジェイミーが、ここで時間を過ごすために、いろいろと苦労した人がいるのだということもわかった。「ありがとう」

彼は頭を下げ、またホテルマンに戻った。「お二人を迎えるのは、実にうれしいことですよ、シニョーラ。さて」彼が磁気カードを手渡し、エレベーターホールへと案内する。「このエレベーターで三階まで行ってください。エレベーターを出たら右に折れ、廊下の突き当たりにあるエレベーターに乗り換えてください。そちらのエレベーターを動かすには、このカードが必要になります。エレベーターを下りたら、そこはもうスイート・ルームです。お荷物も先に運んでおきました」彼は体をかがめて、もういちどジェイミーの手にキスした。「重ねて言いますが、あなたとレオーネ検事をお迎えできるのはラ・ロンディナイアにとって実に光栄です。近い将来、またお越しくださることを願っています。あなたたち二人のためでしたら、スイート・ルームはいつでも空けておきますから。私からお約束します」

パオロはそれだけ言うと立ち去った。こんな場所に独りでいることに現実感がわかない。魔法のお城を探検しているような気分だ。

専用エレベーターの内部はすべて真鍮《しんちゅう》、ボタンはどこにもない。カードを差し込むとエレベーターが動き出した。魔法の馬車みたいに、勝手にするすると三階分を昇る。

そこにステファノがいる。

ヘリコプターを初めて体験し、圧倒されるほど美しい景色を見て、この豪華なホテルに来た――それらに心を奪われはしたが、今はもうステファノに会うことしか考えられない。強烈にそのことだけを思う。

心臓が大きな音を立て始めたが、それをコントロールするのは無理だ。普段のジェイミーは心配性ではなく、当然、男性と会うからと言って神経質になることはない。けれど今は、不安と期待でいっぱいだ。いや、不安というのとは少し違って……興奮だ。どうなるのか楽しみで、少しだけだが怖さもある。

なぜなら、彼のことはまだよく知らないから。確かに、最愛の祖父が褒め称えていた男性であり、他にも彼を称賛する人はいっぱいいる。ジェイミー自身の彼との体験は、と言うと……わお。ただホルモンがそう感じさせているだけなのかも。彼がそばにいると全身が燃え上がるような気がするのだから。

不安と期待がジェイミーの心の中で激しく言い争っていたが、エレベーターのドアがさっと開いた瞬間、何もかもが消え去った。彼がいたのだ。彼は、現代にベルサイユ宮殿を造ったらこうなるだろう、と思わせる広々としたスペースにいて、リビング・ルームらしいその場所から、こちらに向かって来る。

彼はジーンズとTシャツというカジュアルな服装で、この世のどんな男性よりはるかにかっこよかった。ただハンサムだというのではなく――ハンサムな男性なら周りにいくらでもいる――気品があるのだ。ジーンズをはいた王さまとでも言うのか、ティーンエイジャーみたいな格好で満面の笑みを浮かべていても、どこか厳粛なところがある。彼がジェイミーのほうに歩いて来るあいだ、二人の視線はがっちりと合い、ジェイミーのすべてが彼に向かって開いていった。

腕を広げ、体を開き、心を解放する。

彼にキスされると、やっと救われた、というような気分になった。ずっと砂漠にいて、渇ききった体が何かを求め続けていたような。その何かがステファノだった。彼にキスされることだ。

彼のほうがずっと背が高いので、ジェイミーはつま先立ちになった。彼がヒップを下から抱えるようにして、彼女の体を持ち上げ、自分のほうにぴったりと寄せる。ジェイミーは彼の首に腕を絡め、口の高さを同じぐらいにして、むさぼるように彼の唇を求めた。できるだけ彼に近づきたかった。強く抱きしめられるので、ジーンズの上からでも彼が勃起《ぼっき》しているのがわかり、待ちきれなくなって下腹部をこすりつけた。

ステファノが息を継ぐために顔を上げ、ジェイミーの体は彼の胴体をこするようにして滑り落ちた。お腹《なか》にあたる棒状のもので、彼の勃起を確認できるのだが、それよりも腫《は》れぼったい彼の唇が濡《ぬ》れて、頰《ほお》のあたりのオリーブ色の肌とは対照的な赤い色に光るのを見るだけで、彼がどれほど興奮しているかがわかる。

「カーラ。うちの警備の者たちを呼ぶ必要がありそうだ。君に容赦なく襲いかかられると、俺はひとたまりもない」

彼の興奮ぶりは、かなりあからさまだったが、自分はもっとひどいに違いないとジェイミーは思った。紅潮しているのは顔だけではない。彼よりも肌の色が白いから、乳房まで真っ赤なのがすぐにわかる。ブラとシルクのTシャツの上からでも、胸の頂が硬く尖《とが》っているのが確認できる。

ただひとつジェイミーにとって有利な点は、女性の体の構造だ。二人とも同じぐらい興奮しているのに、ジェイミーが濡れているのは外からではわからない。脚のあいだに太陽でも抱えたように、その部分が熱いのだが、ステファノはそういったことを知らない。

ジェイミーは彼のお腹を肘で突いたが、筋肉でできた岩に触れたような感じだった。

「ばかなことを言わないで。私は誰に対しても危険な人物じゃないわ。危険な目に遭うとすれば、私のほうよ」

そう言って一歩退いたのは、少し彼と距離を置きたい気もしたからだ。今の言葉はただの冗談ではなかった。ステファノに魅了され、夢中になっている。こういう感情は危険だ。この男性の前に出ると、自分を抑制する力が利かなくなってしまうようだ。うきうきするような気分ではあるが、非常に落ち着かない状態が続く。崖から落ちたのに、いちばん下が見えない。手足を懸命にばたつかせ、ただただ、落ちていくだけ。

彼がまた顔を下に向け、激しいキスをした。そして顔を離してにこっと笑った。

ああ、だめ。彼のこういう笑顔は初めて見た。こういう屈託のない笑顔になると、十歳は若く見える。ところで、彼はいったい何歳なのだろう？　自分よりずっと年上——おそらく四十代半ばだろうと思ってきたが、今のような顔の彼はずっと若く潑《はつ》刺《らつ》として見える。きっとジェイミーとさほど年齢も違わないのではないか。

生命力にあふれ、頭がよく、ハンサムな男性が、男として最高の年齢にある。それなのに、鉄の檻、つまり仕事という責任にとらわれているのだ。

「おいで」彼がジェイミーの手を取った。「中を案内しよう。いちばんいいところは、最後までとっておくから」

見上げると彼の顔があった。彼がどれほどこれを――気楽に過ごせる時間を必要としていたかがわかった。ちょっとした休暇を取って、冷たい檻から離れたかったのだ。ジェイミーは案内されるままリビングへ入った。アーティストとしての心が高揚するのを感じた。

「とてもきれい」うっとりとそうつぶやく。本当にきれいだった。ジェイミーが理想の別荘を地中海沿岸に建てるとしたら、まさにこういうふうにする。淡いブルーの素焼きのタイルをフロアに、飾り彫りのある石灰岩を羽目板として使用し、ほうろうの鉢にかなり大きめのレモンの木が植えてある。ソファは淡いピンクのシルク張り、コーヒー・テーブルは十六世紀の扉を再利用したもの。木製の荷車をばらばらに解体して色を塗ったものが一方の壁を飾り、別の壁面には美しい風景がある。すべてがすばらしい。上品でありながら、くつろげる。アンティークと現代デザインの見事な融合だ。

特に目を引くのは、白のソファと肘掛け椅子《いす》。両端が斜めになっているデザインは、どこかで見たことがある……ジェイミーは目を大きく見開いた。「あれって、フィリップ・スタルクの作品ね！」ソファに触れ、斜めになっている部分を指でなぞる。自分のアパートメント用に、安いコピー品を買おうかと思ったこともあるが、やはり本ものは違う。

「そうなのか？」ステファノが首を振った。「そりゃ、よかった」その言葉で、ステファノはフィリップ・スタルクが誰なのかも知らないのがわかった。ジェイミーは声を上げて笑った。

彼も笑い出し、寝室へと引っ張って行く。「さあ、ベッドを見ろよ。びっくりするぞ」

確かに。ベッドは巨大で、天蓋《てんがい》が四本の支柱から吊《つ》るされているが、その支柱も金枠をつけて飾り彫りが施され、天井に届きそうなほど高い。天蓋布は麻で手縫いの精巧なレースが裾《すそ》を飾っている。おとぎの国の部屋のおとぎの国のベッドだ。

「まだあるんだ」彼が木製のドアを開けるとまぶしいぐらい白いタイルがあった。バスルームだ。タイルは表面を滑り止め加工してある。ステファノはバスルームから大きなテリークロスのバスローブを取ってきた。

「脱ぐんだ」

命令されて、ジェイミーは挑戦するように眉《まゆ》を上げた。「あら、今、何て？」

彼がにやっと笑う。少年の笑みだった。「君を裸にしてからの計画はいろいろある。ただ、今はその服を脱いで、バスローブを着てくれ」ローブのひとつを差し出すと、彼は後ろを向いた。あっという間に彼自身が服を脱いでローブをまとう。残念、彼のたくましい裸のお尻《しり》をじっくり見たかったのに、ローブで隠れてしまった。

しかし、まあ、服を脱ぐのはたやすい。シルクのTシャツ、ブラ、カプリ・パンツ、パンティ、それだけだ。ローブはあまりにも大きすぎて、裾を引きずりそうだが、彼が着ると脛《すね》の半分ぐらいまでしか届かない。袖口《そでぐち》もジェイミーは三回折り曲げないと手が出せなかった。

ベルトを結わえるとすぐ、彼に手を引っ張られて、ほとんど強引にテラスへ連れ出された。

またしてもサプライズだ。今日一日で、何度驚かされるのだろう。

テラスからの眺望は、まさに絶景だった。映画で見たら、CGだと思ってしまうぐらい、圧倒されるような美しさだ。左側のずっとずっと下のほうには、三日月形の真っ白なビーチが二つ、鮮やかなブルーの海をはさんで向かい合っている。ビーチにつながる険しい斜面は、松、ヒノキ、キョウチクトウ、ウチワサボテン、ブーゲンビリアなどで覆われている。

タオルミーナの町の屋根が強い太陽光を反射し、この高台から見ると、ミニチュアサイズの人たちがおもちゃの町の通りを歩いているようだ。

テラスの床はうっすらピンク色の多孔石《たこうせき》で、スイートのほぼ全体がぐるりとテラスに囲まれている。テラスの端には、錬鉄の手すりが付けてある。プライバシーを守ってくれるカーテンは黄色の麻で風に揺れると金色の壁のように見える。テラスの左手に、小さなゲートがあり、その先はホテルのプールになっている。五十メートルの競泳用プールで、オリーブの生け垣に囲まれている。オリーブの木はかぐわしい香りとともに、周囲からの目をさえぎる。プールは空からしか見えないのだ。

「他に客はいないから、俺たちだけの専用だ」彼はあたりを見回して、にやっとした。「俺たちのちょっとした遊び場さ」

ジェイミーも周囲を見渡した。普段の彼女は意識しなくともアーティストの経験を積んだ目で美的なバランスだけを考える。形はどうか、色は調和が取れているか。この場所は美的観点から見てすばらしいのひと言だ。しかし彼女はすぐに、ブザンカの視点からこの場所を評価した。ブザンカなら、カーテンの色がタイルの淡い色と合っていることや、ほうろうの鉢の色がレモンの木の濃い緑とうまく調和していることには気づかないだろう。

彼の視線がとらえるのは、ここならステファノの襲撃は不可能だ、という事実だ。食事もスイートの離れでとればいいから、外部の人の目に触れることはない。オリーブの生け垣は幅があって、中をのぞくこともできない。スナイパーに狙《ねら》われる心配がないのだ。もちろん、ホテルの入口には特別班所属の警察官が待機しているに違いない。

贅沢《ぜいたく》で安全な繭《まゆ》の中に、二人で閉じこもっているようなものだ。

「水は苦手か?」ステファノがきらきら輝く水面を示しながらたずねた。

ジェイミーははっともの思いから覚めた。これだけ気を遣えばステファノの警護は万全だ。「え、何?」

「君は、泳げるのか?」

ほくそえみそうになるのをこらえ、ジェイミーはただうなずいた。ええ、もちろん。

「よし」ステファノはそう言うと、ローブを脱ぎ捨て、彼女のローブも取り去った。

そして腰に手を回すと、ばしゃっとプールに飛び込んだ。

ステファノは足から先に水に入り、ジェイミーの顔を水中に沈ませないよう、気をつけていた。溺《おぼ》れるのではないかとジェイミーを不安にさせないよう、あるいはどういう形にせよ、彼女に不愉快な思いをさせないようにしているのだ。ただ……はしゃいでみたいだけ。ほんの少し。


ああ、楽しい！　美しい女性と無邪気にはしゃぐのはいったい何年ぶりだろう、とステファノは考えた。いつの間にか自分の人生は危険と隣り合わせ、仕事への責任感だけの日々になってしまった。

本当に、本当に久しぶりだ。離婚したあと、フランチェスカという女性と付き合った。一緒にスキューバダイビングをしに、サルディニアに行った。その後何度か、彼女をスカラ座に連れて行った。楽しかったし、ベッドでの彼女はいろいろ独創的なことをしてくれた。やがて、彼女との楽しい時間には大きな代償がともなうことがわかった。どうしようもなく見栄っ張りで、絶えず褒め続けないとすねるのだ。新しい靴を履いているとか、メークを変えたとか、そういう場合、ステファノが気づかないでいることは許されない。

ステファノはそういう男ではない。他人がどんな服を着ていようが、どうだっていい。たいてい、自分がどんな服を着ているかすらほとんど意識していないのだ。フランチェスカと一緒にいると、疲れる。すぐにむくれるし、扱いづらい。結局、数ヶ月で二人の関係は自然消滅した。

ジェイミーはフランチェスカよりも美しい。ありのままできれいなのだ。化粧や美容整形などがなくとも。それなのに彼女には思い上がったところがなく、媚《こ》びを売るような態度も見せない。ステファノに褒めてもらうことなど考えていない。もっと言えば、彼に対して、何の期待も抱いていないように思える。一緒にいて楽しいから、ステファノと一緒にいる、ただそれだけのようだ。そして、彼女と一緒にいると、ステファノも楽しかった。

ジェイミーがぱしゃぱしゃと水面を叩き、ほほえんだ。ステファノも笑顔を返す。彼は大きく天を仰いで笑い始めた。ああ、いい気持ちだ。長いあいだ暗い海の底に沈んでいて、久しぶりに太陽に当たるウミガメにでもなった気分だ。

さて、遊びの時間だ。

「さあ、見てろよ」

ジェイミーの見守る前で彼はプールサイドにある大きなボタンを押した。ホテルのオーナーにここを案内してもらったとき、説明を受けていたのだ。プールの水深があるほうから真鍮の散水塔が水面に頭をのぞかせた。そのまま二メートル近くにもそびえ立ったあと、先端から勢いよく水を噴き出し始めた。浅いほうには水中にジェット水流の噴出口があり、作動し始めたらしく泡が見える。どこかジャングルの奥深くの池にいて、目の前に滝があるような錯覚に陥る。

「あっちの端まで、競争よ」ジェイミーに声をかけられ、ステファノはうなずいた。彼女はすぐにすいすいと水を切って泳ぎ出す。ステファノはゆっくりとあとを追った。彼は水泳には自信があったので、大きな差をつけてしまわないよう気を遣ったのだ。

水の冷たさが、こんな暑い日には心地よい。彼は強く水をかき始めた。柔道では使わない筋肉を動かせるのはいい気持ちだ。柔道は体を動かすスポーツであるが、同時に精神的な意味合いでの鍛錬でもあり、戦略も必要だ。ここでは頭を空っぽにして、ただ体を動かせばいい。泡立つ水の中で浅いほうのプールの端に手が届くまで、力いっぱい泳ぐだけ。あの赤いタイルを目指すのだ。ステファノは頭をぶるっと振って水を払い、ジェイミーがどこにいるかを確認した。

彼女がもうプールの真ん中あたりを深いほうの端に向かって泳いでいるのを見て、ステファノは驚いた。すでに浅いほうの端まで到達し、ターンして向きを変えたのだ。

ジェイミーが泳ぐのをやめ、ステファノを見た。ほっそりした腕を振っている。

「どうしたの？　競争でしょ？　十ラップでどう？」

彼女からの挑戦だ。よし。挑戦は大好きだ。「勝ったら、褒美は何だ？」

ジェイミーがほほえんだ。その謎《なぞ》めいた笑みが、ステファノの欲望をいやがおうにも駆り立てる。彼女の声は低かったが、張りがあって、プールの真ん中からでも彼のところに届いた。「みだらな妄想を現実にできる権利」

それを聞いて、彼のものが大きくなった。ああ、くそ。

するとジェイミーは突然水中に姿を消し、十メートルも先でまた浮かび上がった。きびきびと腕が水をかき、優雅に脚が水をキックする。メトロノームのように正確なリズムだ。

やられたな、とステファノは思った。泳げるかとたずねたときに彼女が奇妙な表情を見せたのは、こういうことだったのか。

そう、彼女は水泳が非常に得意なのだ。

もうしばらく、ステファノはジェイミーの泳ぐ姿を賞賛の眼差しで見ていた。脚のある人魚みたいだ。ひとかきごとに彼女の背中が見え、そしてまた水に沈む。裸のヒップと脚が泡立つ水のあいだから見える。

通常なら、彼は紳士として女性に勝ちを譲るところだが、今日は勝てばみだらな妄想を現実にできる権利を得られるのだ。彼の頭はかっと熱くなり、みだらな妄想でいっぱいになった。妄想はひとつではない。軽く十は超える。それらを現実にできるとあっては、負けるわけにはいかない。

彼はプールの端を目指して猛然と泳ぎ出した。力のかぎり泳がなければ、ジェイミーに追いつけない。しかし五ラップ目でやっと前に出ることができ、そのまま最終の十ラップ目までリードを保った。彼女は本当に泳ぎがうまい。しかし、彼も水泳は得意だし、何と言っても彼の体のほうがたくさん筋肉がついている。

十ラップを終え、深い側の端にタッチしたステファノは、ジェイミーの位置を確認しようと振り向いた。彼女はプールの真ん中を過ぎたところで、三十秒もしないうちにゴールした。彼女はプールの端にタッチする代わりに、ステファノの胸に手を触れ、彼の肩に腕を回して水面から体を出し、彼にキスした。

「あなたの勝ちね」ちょうどそのとき、真鍮の散水塔から水が噴き出し、二人の頭に降り注いだ。すると彼女がまた笑った。

ステファノはいっきに血圧が上がるのを感じた。脚のあいだのものも、ほぼ垂直に上を向く。水は冷たいが、彼女に触れられているところ——胸、腰、脚などが熱い。

滝のように落ちる水を浴びたまま、彼はまたキスした。唇をなかなか離せなくて、もう少しで二人とも溺れてしまうところだった。

「おいで」ステファノは背中から水に倒れ、ジェイミーを体に乗せた状態でゆっくりと脚をキックした。彼の体がジェイミーのサーフボードになった格好だ。確かアメリカの俗語では、サーフボードも勃起もどちらも〝木でできたもの《ウッディ》〟と呼ぶはず。言い得て妙だ。彼のものは丸太みたいになっているのだから。腹で重く感じるが、その上にジェイミーが乗っている。近頃、常に勃起状態になっている気がする。一生このまま勃起が治まらないのではないかと思ってしまう。裸のジェイミー・マッキンタイヤを抱いているかぎり、勃起したままの状態が続くのは間違いない。

　ステファノはジェイミーを体に乗せたまま、脚の力だけで浅いほうの端まで泳いだ。こちらには水中にジェット水流がある。彼がしてみたいと思うことは、足でしっかり体を支えていないと、ぶざまな結果に終わるおそれがある。

　二人の体はプールの端、ジェット水流の噴出口の真横に到達した。そこで彼はまたジェイミーにキスした。なぜなら、さっきキスしてから時間が経ったから。彼女とは最低十分にいちどは唇を重ねていたい。唇を離した彼は、彼女の顔に落ちていた髪をかき上げ、ほほえんだ。

彼女も笑みを返す。「では」腰を揺すって彼の下腹部にこすりつけてくる。彼の脚のあいだにどくっと血流が注ぎ込む。水中でも彼女は感じ取れたはずだ。彼のものはますます大きくなる。「チャンピオンの、みだらな妄想とはどんなものかしら？」

「ひとつじゃないぞ、いっぱいあるんだ」ステファノはまたキスした。「君は泳ぎが得意だが、俺には勝てない。それがわかったからには、これから何回も水泳のレースをするからな。何度も、何度も」さらに、何度も、何度も。彼女に対する自分のみだらな妄想をどれだけ実行しても、すべてが完了する日が来るとはとうてい思えない。きっと何世紀もかかるだろう。「だが、まず最初のひとつだ。後ろを向いて」

彼女は赤い眉毛を上げたが、言われたとおりにした。ステファノはプールの端をつかみ、自分の両腕で彼女の体をはさむ形になった。その瞬間、ふと彼女の肩から下が見えた。その光景に彼はぼう然と見入ってしまった。彼女はどこから見ても女神みたいだが、こうやって、背後に周って肩から体の前の部分を見たら、死人も目を覚ますに違いない。象牙《ぞうげ》色の肌に包まれたしなやかな筋肉、完璧な形の乳房、長い脚。

自分の息が荒くなるのがわかった。急に大気が熱く感じる。息が苦しい。彼は片手を彼女のウエストに置いて、少しだけ場所を移動した。ちょうど水流が噴き出すところへ。彼女の胸の前で腕を交差し、片手で彼女の脇腹を押さえ、もう一方の手は贅肉のないお腹へ。そしてそのまま下へと滑らせる。

そこからさらに微妙に角度を調整し、人差し指と中指を使って彼女の体を開かせ、腰で押して彼女のその場所に水流が直接当たるようにした。スイッチを入れたかのように、彼女の体が反応した。

彼女の体に力が入り、あえぎ声を上げながら、短く息を吐く。「あっ」彼女のボタンとなる部分をいちばん激しく水が噴き出す真上に置くと、彼女が短く声を上げた。

彼女の全身が歌っている。そうとしか表現しようがない。彼女の中で快感がふくれ上がっていく様子を、ステファノは夢中になって見つめた。

片方の指に力を入れて彼女の秘密の部分を開いたままにしながら、もう一方の手は乳房を撫でてシルクの感触を楽しむ。ほっそりと長い首が片方に傾き、ステファノは彼女の耳の後ろにキスした。そのあと唇で肌をつまむ。肩のあたりまでそれを繰り返していくうちに、首が肩へと変わるところで、彼女がびくっと動いた。

ああ、五感に刺激が満ちていく。反対側の端から噴き出す散水塔の水が霧状にこちらに届き、二人の吐く息と混じる。彼女が絶頂に近づくにつれ、空気がどんどん薄くなっていくように思える。彼のほうもますます興奮が高まり、クライマックスへと向かう彼女を追いかける。女の肌の匂いを感じ取る。生け垣のオリーブや、この先のどこかからどことなく漂ってくるバラの花の香。目には見えないがバラがあるのはわかる。

ジェイミーをむさぼる感触がすばらしい。耳の後ろの肌を舐《な》めると、彼女の体がひとりでにびくっと反応する。その震えが全身に伝わる様子を、彼の指先が感じ取る。

そして視覚――これが最高だ。彼女は透明で太陽の光を反射する水の中にいる。腰を少し上に向けさせると、彼の指に広げられた部分は、ピンク色の粘膜をわずかに見せている。ジェット水流が、その部分を刺激し続けている。たくさんの細かい泡のせいで、彼女の全身がきらきら輝き、宝石を身に着けているようだ。

ステファノは彼女の耳にキスした。耳たぶの味を確認し、軽く歯を立てながら、さらに水流の出口近くへと彼女を押す。中指を中へ入れたまさにその瞬間、彼女がクライマックスを迎えた。硬直するように体に力が入り、激しくあえぐ。彼の指が強く締め上げられ、熱く、さらに滑らかに感じられる。

もう我慢できない。ためらうことさえなかった。過去数年間、頭脳を使うことにすべてのエネルギーを費やしていたステファノが、今は何も考えられなくなっていた。彼女の中へ入ったのは、クライマックスを迎えている彼女の中に入らずにはいられなかったからだ。彼女の絶頂は終わろうとしている。冷たい水の中で、濡れた熱い炉に自分のものを突っ込むような感覚だった。ああ。

中へ入ったとたん、痙攣《けいれん》のような震えがまた始まるのをステファノは感じた――やはり。ステファノが動く必要もなかった。彼女の体の内側が波を打ってうごめき、彼のものを締め上げて奥へと引き入れていく。

彼女はもう立っていられない様子だったが、それでも構わない。彼がウエストのあたりを片手で押さえていればいい。ただ、もう一方の手でプールの端につかまって二人分支えなければならない。彼女の体が自分のものを揉むようにして絞り上げる感触に、もう我慢できなくなっていた。

スタミナを誇ったこの俺が、とステファノは思った。目の前の女性の中に入ると同時にクライマックスを迎え、興奮しすぎて一秒ももたない男になってしまった。おまけに懸命に自分を抑えておかなければ、相手の女性に痛い思いをさせてしまう。まるでティーンエイジャーではないか。

彼はぴたりと体をくっつけ、ただ欲望を放った。猛烈な勢いだったので、電気が走ったような感覚だった。その感覚がいつまでも、何度も繰り返され、彼は震えながら声を上げ続けた。ここが浅いほうでなければ、二人とも溺れていただろう。彼女を強く抱きしめたまま、クライマックスを迎えたまま、石像みたいになってプールの底に沈んでいったはず。

最後の液をジェイミーの中に放ったあと、彼は彼女の背中にもたれかかった。動悸《どうき》が激しく、彼女の耳に吐きかける息も荒い。彼女はのけぞったまま頭を彼の肩に預けている。やがてしばらくしてから彼が目を開けると、彼女の顔が短縮遠近法を使って描いた絵画のように見えた。ルネッサンス期の芸術作品はこの技法を使っていると、美術の授業で習った覚えがある。なかなか理解できなかったが、やっとわかった。滑らかで白い肌に薄い色の眉。ものすごく長いまつ毛が高い頬骨を強調する。その先に小さく尖った顎《あご》。よく見ると、顎にえくぼらしきほんのわずかなくぼみがある。

彼女はまったく動かない。彼女の心臓が激しく脈打っているのを手で感じていなければ、死んだのかと思うぐらいだ。

すると彼女が目を開けた。居眠りでもしていたかのように、ぼんやりあたりを見回す。

遠くで小さく鐘が鳴るのが聞こえた。

「ああ」ジェイミーがうめき声を上げた。「死んだのかと思ったわ。死んで天国に行ったら、鐘が鳴ったの」

ステファノも同感だった。

頭を動かすのもやっとだった彼は、鼻先を彼女の首に埋めた。そっと下半身を離すと、冷たい水がこれまでいきり立っていた場所への罰のように思える。下半身が彼女の中に戻してくれ、と訴えている。気持ちはわかる。

ステファノはほほえんだ。「天国の鐘じゃないんだ。ランチだよ」

7

次の日の午後、ジェイミーは地球一座り心地のいい肘掛《ひじか》け椅子《いす》に座って、世界一セクシーな男性をスケッチしていた。

バスローブの下には何も着ていない。昨日到着してから、ステファノも彼女も、いちども服を着ていない。二人は大きな麻のカーテンで覆われた離れで食事をとり、プールで泳ぎ、愛を交わした。こういったことには服を着る必要がない。贅沢《ぜいたく》なテリークロスのバスローブがあればじゅうぶんだ。

二人の時間は終わりに近づいている。時間がどんどん過ぎていくことについて、ステファノは何も言わない。この休暇が永遠に続くふりをしていたいのだ。しかし、もう日曜日の午後になる。もうすぐここを出なければならないことぐらい、ジェイミーにもわかっていた。

永遠にここにいられたら、どんなにすてきだろう、とは思うが、そんなことはあり得ない。

今日のランチもすばらしかった。そのあと愛を交わして、抱き合いながら眠った。一時間後に目が覚めた彼女は、そっとステファノの腕から抜け出した。彼の眠りは非常に深く、昏睡《こんすい》状態にしか見えない。

無理もない。昨日からいったい何度愛を交わしただろう。彼は、これまでの失った時間を取り戻そうとしているかのようだった。ある意味においては、ジェイミーも同じだ。

何だか落ち着かなくて、けれど部屋を出る気にはなれず、ジェイミーはスケッチブックを取り出した。すると即座に心が鎮まった。絵を描くと、いつも彼女の神経はやわらぐ。アルファ波のゾーンに入るというのか、ありとあらゆる不安が頭から消えるのだ。

彼女は肘掛け椅子に座って、ステファノの正面に陣取った。少し彼をスケッチしてみよう。力強い腿《もも》には毛が生えていて、たくましく浅黒い手は、白い縫い取り模様のあるベッド・スプレッドにゆったりと投げ出されている。やがてジェイミーは構図を決め、ちょっとした指慣らしだとでもいう感じで彼の全体像をスケッチし始めた。

最初の印象が再確認された気もする。裸で、髪は寝乱れ、横向けに寝そべり、ぐっすりと寝入っているのに、それでも皇帝のように見える。眠っていても、彼の顔ににじみ出る力強さと尊厳は消えない。眠った顔から消えるのは苦悩だけだ。最初に会ったときより、若く見える。

あと数時間で休暇は終わる。これを休暇と呼んでいいのかどうかは、わからないけれど。乾いたぞうきんから水を絞り出すみたいにして、二日間の自由を捻出《ねんしゅつ》しただけ。

二人は一緒に食事をして、泳いで、シャワーを浴びて、寝た。何もかも二人一緒。そして愛を交わした。ステファノからは将来どうするつもりだとかいう話はまったくなかった。それどころか、これからも付き合っていくのかさえわからない。〝将来〟という言葉が入った文章は、いっさい禁止といった感じだった。

ジェイミーの理解では、ここを出るに際して、まず一台のヘリコプターがステファノを乗せ、その後別のヘリが彼女を乗せることになっている。そして、二度と彼とは会えなくなる。彼女の理解するかぎり、これが二人で一緒にいられる最後の時間だ。それなのに、彼は眠ったまま過ごすのだ。

それでいい。

ステファノはたっぷりの睡眠を必要としているようだ。ランチのあと、どさっとべッドに崩れ落ちて、寝入ってしまった。彼との思い出を作るべきか、彼の休息を尊重すべきか、どちらかを選べと言われれば、当然彼の休息を選ぶ。ためらいもなく。

そう気づいたときに、ジェイミーは悟った。彼を愛してしまった。ものすごく。

彼が休息を取り、くつろいで安全な時間を過ごす、そのことが何よりも大切だと思うようになっていた。今後二度と会えないとしても、彼がどうしているかという情報は、何とかして手に入れよう。彼が無事で、元気にしていることを確かめたい。おじいちゃんを通じて、何か話を聞けるかもしれない。法曹界にかかわる人たちの秘密の世界ネットワークみたいなもので、ステファノの動向を調べてもらおう。

忙しく手を動かすあいだ、ジェイミーの中で彼に対する別れの言葉が浮かんでは消えた。ただし、実際に別れを告げる決心はできていない。絵はすばらしい出来栄えになりそうだが、何と言ってもモデルが美しいのだから当然ではある。加えて、ジェイミーの彼への感情がその絵からほとばしっている。

最初、この感情はセックスによって引き起こされたものだと考えていた。これまで最高のセックスではあった。それでも、ただのセックスだ。けれど本当はそうではなかったのだ。彼が体を重ねる相手としての技巧に富んでいる点に疑問の余地はない。その技巧を駆使してじゅうぶんに女性を満足させてくれるのも疑問の余地のないところだ。しかし二人のセックスが成層圏を突破するぐらいにすごかったのは、ジェイミー自身の感情によるところが大きい。彼に対する賞賛の気持ちに、報われぬ憧憬《しょうけい》が混じる。彼がジェイミーだけのものになることはないから。そんなことは許されない。彼は今、困難な任務にすべてを捧《ささ》げ、そこにジェイミーが入り込むゆとりはない。

ジェイミーは一心に鉛筆を動かし続けた。どちらかと言えば、何も考えず、手だけが勝手に動いている感じだ。バランスや視点の設定、明暗法、つり合い、そういった絵画技法の知識にはいっさい縛られず、手が独立して存在しているかのように独自の力を得て、ステファノを失ってからのジェイミーへの贈りものを描いている。

紙の上に描かれたのは、ステファノそのものだった。彼の真髄をとらえている。わずかだが、常に眉間《みけん》にしわがある。きりっとしまった口元。頬《ほお》にはうっすらと影ができている。今朝ひげを剃《そ》っていたが、いわゆる〝五時の影〟がもう生えてきているのだろう。ただし、今はまだ三時だ。

突然強烈な記憶がジェイミーの全身を電気のように貫き、彼女は手を止めた。濃いひげが自分の内腿、さらにはその上のやわらかな襞《ひだ》の内側をこすったときのことを思い出したのだ。昨夜、彼が口で愛してくれたときのことだ。思い出すだけでなく――その感触が体によみがえる。彼の顔が脚のあいだにあり、そこにキスされ、舌が自分の体の奥へと差し込まれる。すると彼のひげが肌をこする。ジェイミーはもだえ、オーガズムの瞬間大声で叫んだ。

それも初めての体験だった。これまでは絶頂のときも彼女は静かで行儀よく、脚のあいだが数回収縮するだけのことだった。もちろん少しばかり快感を外に出すこともあるし、非常に気持ちのいいものではあるが、それだけだった。ステファノとのセックスでは、まったく新たなテリトリーに入った感じ――そこはクライマックスのめくるめく絶頂感に満ちた大きくて広々とした、終わりの見えない国だった。

ああ、どうしよう。鮮明な記憶のせいで、ジェイミーの秘密の部分が急に熱を帯びてきた。いきなり痛いほどの強い興奮状態に陥った彼女は、落ち着かなくて椅子の上で座り直した。

手にした鉛筆が震えてどうしようもなく、彼女は鉛筆を横に置いた。彼の肖像画はもう完成したのだから、構わない。彼女は肖像画を膝に置き、実物をながめた。

力強い姿。けれど、眠っていると傷つきやすい人のようにも見える。

彼のペニスを描くのが、特に楽しかった。水中では勃起《ぼっき》していないときもあるのだが、休めの態勢になっているそれをじっくりと見たのはこれが初めてだった。ジェイミーが見ると、いつもむくむくと大きくなってしまうのだ。

男性器としては、彼のものはチャンピオン級だ。こうやって休憩しているときも、太くて立派だ。彼の腿で、黒くて濃い体毛に囲まれてどっしりと鎮座している。よし、うまく描けているわ、スケッチブックを見て、ジェイミーは満足した。心をこめて、実物そのままに描かれている。

これから何ヶ月、いや何年か、このスケッチを出して、思い出にふけろう。これさえあれば、昼も夜も大丈夫。他の男性とセックスすることなど、とうてい考えられない。彼と比較の対象になるような男性がいるとは思えない。

これまで知り合ったのは、自意識過剰のうすっぺらな男性ばかりだった。彼らにとって大切なのは、自分のキャリアと物質的な豊かさだけ。あらゆる意味合いでステファノと同等の男性を見つけるのは不可能だ。彼と同じぐらい世知に長け、洗練され、そして……情熱的な男性などいるはずがない。

それに思いやりがある。そこまでする必要はないのに、と思うぐらいいろんなところで気遣ってくれる。マナーを叩《たた》き込まれたから、と彼は言うが、一般的なマナーの範疇《はんちゅう》をはるかに超えている。お皿に最後に残った食べものは、必ず譲ってくれる。あなたが食べて、と言っても彼は頑として辞退する。暑すぎないように、寒すぎないように、お腹《なか》が空いていないように、喉《のど》が渇いていないように、常に確かめてくれる。

そしてマラソンみたいな愛の営みのあと、ジェイミーに、体は疲れていないか、とたずねてくれる。

実際は、当然のことながら疲れきっている。しかし、そんなことは口が裂けても言わない。この経験は思い出として、いつまでもいつまでも大切にとっておこうと決めているから。

きっと一生分の思い出になる。

そう思ったジェイミーはむさぼるように彼を見た。彼のすべてを覚えておきたい。手の形、足の土踏まずはどれだけ反っているか、脇腹《わきばら》の大きな筋肉……

そのとき彼が目を開けた。突然、何の前ぶれもなく。

二人の目が合う。視線が強く絡み合い、その音が聞こえてもよさそうな気さえする。

ジェイミーは吸った息を吐き出せなくなった。完全に動きが止まってしまった。

ステファノの視線には陰りがあり、見ていると魅入られてしまいそう。でも目をそらすことはできない。彼の腿の上で休んでいたものが、じゅうぶんに血液を集め頭をもたげるのを視界の隅でとらえた。ジェイミーを見ているだけでこうなるのだ。

彼はジェイミーを見つめたまま、真顔で手を差し伸べた。「おいで、カーラ」

ジェイミーをその場に縛りつけていた見えない足かせが弾《はじ》けて飛び散った。彼女はすぐに立ち上がると彼のほうへと進み、差し出された手を取った。彼がジェイミーを引っ張り、ベッドに押し倒して自分はその上に覆いかぶさる。彼の重みをジェイミーは全身で感じる。彼は何も言わず、ジェイミーを見下ろし、自分の脚を彼女の膝《ひざ》のあいだに入れて開かせ、そしてひと突きで彼女の奥のほうまで入ってきた。

ジェイミーのほうの準備もできていた。彼の姿を描き、見ていることが前戯だったのだ。濃密な前戯をたっぷりと楽しんだ。今気づいたが、自分の体はすっかり濡《ぬ》れていた。だから彼をすんなりと迎え入れられた。

彼女は動くことも、息をすることも、考えることもできなかった。できるのはただ、自分の中に入った彼を感じることだけ。熱くて硬くて、彼女の体を完全にコントロールしている。

二人の顔はすぐ近くのところにあって、鼻がぶつかりそうだ。彼が片手をジェイミーの髪に入れる。大きな手が彼女の頭部のほとんど全体を覆う。もう一方の手は、ヒップをつかんでいる。彼の表情が真剣で、どちらかと言えば険しい顔だ。今二人がしていることは真面目なことなのだから、笑ってはいけないと考えているみたいだ。

彼女は苦しくなって、ぜい、という音とともに息を吸い、また吐き出した。唇が重なり、キスが濃密になっていく。他の誰にも渡したくない。すると彼が、ジェイミーの体の中で動き始めた。腰を強く突き押したのだ。最初はゆっくりと、そしてだんだん速く。肉がぶつかり合う音が部屋に響く。大きな四支柱ベッドが軋《きし》み、頭板が壁にぶつかって、同じリズムで音を立てる。

ジェイミーの髪の中でステファノがこぶしを握った。強い力で引っ張られて、痛みを感じるほどだったが、実際に痛かったわけではない。彼は完全にジェイミーを所有していた。男性が女性を支配するやり方のすべて——唇を奪い、手で頭を押さえ、腰を激しく打ちつける——を実行している。荒っぽいやり方だったが、ジェイミーも荒っぽくそれを受け入れた。彼をもっと自分の中に受け入れたい、離したくない。

「激しくして」彼が息を継ぐため顔を上げると、彼女はそう叫んだ。腕をがっちりと彼の体に回し、脚はできるだけ大きく開く。彼の腰の動きに呼応して、自分もヒップを上下させる。彼の背中のくぼみで足首を交差させた足をベッドに下ろし、彼が激しく突き下ろすときには、足の裏をベッドに踏ん張って腰を上げ、彼のものが自分の体のいちばん奥へ届くようにする。大切なのは、彼を所有することであり、また、彼に所有してもらうことなのだ。だから爪《つめ》の跡がつくぐらい、きつく彼を抱き寄せる。

二人がしているのはセックスだが、それ以上の何かがあった。暗くて、どこか狂気じみたものが混じる何か。彼にしがみついていたい。この瞬間をできるだけ、いつまでも引き伸ばしたかった。きつく抱きしめていれば、彼もいつまでもここにいてくれるかもしれない、そんな思いがあったが、この行為はあまりに強烈すぎる。電気がどんどん蓄積されていき、放電するチャンスをうかがっているような……そのとき、ジェイミーは悲鳴を上げ、クライマックスに達した。脚のあいだも、手も、脚も、すべてがステファノを自分に引き寄せようとする。背中を反らし、彼のものをきつく締め上げる。彼の胸毛や脚の毛が、彼女の肌をこする。その感触がさらに快感をあおる。

彼が絶頂を迎えるのを、ジェイミーの体もそれを知った。彼の体が硬直し、さらに激しく突き下ろされる。ジェイミーの体もそれを確認した。彼がキスしながら、うめいている。脚のあいだがそれを確認した。彼のものがさらに大きくなり、欲望が大量に自分の中に放たれるのを感じる。熱く猛烈な勢いで噴出されている。彼の腰の動きは、小刻みで速いものになり、荒々しさを増す。それでも、彼女はひどく濡れているうえ彼の液も混じっていて、痛みはまるで感じない。彼のクライマックスはいつまでも続くが、腰を押したり引いたりするのではなく、今はヒップで円を描くように強く押し当ててくる。互いの恥骨がこすれ合っている。嵐《あらし》の中で風雨に耐える感じ――竜巻の中心部にいて、ただ嵐が過ぎ去ってくれるのをやり過ごすしかない。

ステファノがどさっと彼女の上に倒れ込んだ。ぐったりした頭をジェイミーの肩の上に落とし、手は握っていた髪とヒップをすでに放している。急に部屋が静かになり、彼の荒い息だけが大きく聞こえる。

ジェイミーは……体を貫かれたとでもいうか……奪われたという余韻の中にいた。長く続いたクライマックスのあとでも、彼のものはまだかなり硬いままだ。ぐったりした彼は非常に重く、意識していないとうまく呼吸できない。汗で二人の体がくっつく。ジェイミーの全身はびしょ濡れだった。

彼の呼吸が少し穏やかになってきた。彼がジェイミーの頭の横に手をついて上体を押し上げようとすると、彼の背中の筋肉に力が入る。そして、彼の体が離れていく。

そこで時間が二つのシナリオに分かれる。二つの異なる未来への可能性がジェイミーの頭に浮かぶ。ステファノとジェイミーの、二つの異なるかかわり方。

ひとつのシナリオでは、彼は顔を上げてジェイミーを見下ろして笑顔になる。彼女も笑みを返す。「すごかった」彼女がささやく。

彼がにやりとする。「ああ、ほんとに」彼がジェイミーの鼻先に口づけする。「さて、これから泳ぐとするか。そのあと、またすごいことをしよう」

ジェイミーはびっくりした顔で彼を見る。「またするつもりなの？　向こう三年分のセックス割り当てを使い果たしてしまった感じなんだけど」

彼は不服そうな眼差しになるが、口元が緩んで笑みがほの見える。「まだたくさん残ってるさ。俺のために、これまで貯めておいてくれたんだから」

ジェイミーは、やれやれ、と首を振る。枕《まくら》カバーの粗めの麻生地で髪がかさかさと音を立てる。「どうも、そうみたいね」ふうっと息を吐いて、遠回しに伝える。「あなた、すごく重いわ」

彼は腕で上体を持ち上げる。「どいてくれってことか？　はい、はい、わかったよ」ベッドに座った彼が、ジェイミーの手を自分の口元に運ぶ。「本能を満足させるという話で思い出した。夕食にはアサリのリングイネと魚の塩ゆではどうかな？　大きな魚にしよう。たくさん身のついたやつ」

ジェイミーはまだ、ただの細胞の塊といった状態で笑う元気もない。「もうお腹が空いたの？」非難する口調で言うのだが、そのとき彼女のお腹が、ぐう、と鳴り、二人とも笑う。

二人は一緒にシャワーを浴び、一緒に泳ぎ、一緒にすばらしい夕食を楽しみ、ひと晩じゅう次の朝まで愛を交わし、幸せいっぱいでホテルをあとにする。これからの人生をずっとともにすることがわかっているから。

それが、別世界の別のシナリオだ。その世界では何もかもがうまくいき、人々は永遠に幸せに暮らす。めでたし、めでたし。

しかしもうひとつのシナリオ、この現実の世界では、ステファノは体を上げるとジェイミーから離れ、岩のように表情を閉ざしたまま背を向け、ローブをはおった。

「ヘリコプターは三十分後に到着し、俺はそれに乗る。君が乗るヘリはそれから三十分後にやって来る。俺が先にシャワーを使わせてもらう」

彼は背中を向けたままジェイミーのほうを見ようともしない。そのため、打ちひしがれた表情を浮かべるジェイミーの気持ちも彼にはまったく伝わらない。

ジェイミーは少しずつヒップを枕に近づけて起き上がり、頭板に体を預けてベッドの上に座る形になった。背中に当たるサテンの布地が冷たく感じられた。シーツとベッドカバーを引き寄せ、胸元を隠す。服を着ていないという以上に、裸体をさらしている気がしたのだ。すべてを無防備に開け広げにして……寒かった。部屋の温度は高いのに、体の中から冷え冷えとし、震えてしまう。

ジェイミーの全身いたるところで、ステファノに愛された痕跡《こんせき》が目立つ。彼にきつくつかまれたところは肌が少し赤くなり、特に白い胸元では、あまりに彼が激しく動いたために胸毛がこすれて皮膚が擦《す》れている。彼の体にしっかりと巻きつけられていた腕や脚の筋肉が痛い。それに脚のあいだは……その部分はまだぐっしょりと濡れ、襞《ひだ》のところの粘膜が腫《は》れてひりひりする。激しく愛を交わした証拠だ。

いや……ただのセックスだったのか。

ステファノと体を重ねて初めて、今のが何だったのかがわからなくなった。セックスなのか、愛を交わしたのか。

彼が欲望を解き放ってから、二人はひと言もしゃべらず、彼はジェイミーの目を見ようともしない。これが他の男性なら、こんなやつ最低だわ、と心で思い、静かに自分の持ちものをまとめて去って行くところだ。そして二十四時間後には、そんな最低の男のことなど忘れている。他の男であれば、明日の今頃は独りベランダに座り、路地裏にいる近所の人たちを見下ろしながら、すばらしい食事を楽しんでいるはずだ。前日にベッドをともにした男のことなど、どうでもいい。

ステファノを忘れることはない。どうでもよくなる日が来るとも思えない。さらに、彼のこういった態度は、彼がひどい男だからではなく、現実を見据えているからだということもわかっている。彼は山でも動かすほどの権力を持っている。それははっきりしている。そうでなければ、この二日間、二人は世間から隔離されたような場所で過ごせはしなかった。しかし、同時に、この体験は二度とないものだということもはっきりしている。

彼の生活は仕事とそれにともなう責任がすべてであり、ジェイミーのせいで、彼は仕事に集中できないでいる。おそらく、身を危険にさらしてもいるのだろう。本来であれば、ここまで深い関係になってはいけなかった。こんな関係を続けるのは不可能なのだ。

それがわかっているので、彼がシャワーから出てきてもジェイミーは何も言わなかった。黙って彼が服を着るのを見る。彼の動きのすべてを記憶に焼きつけておきたい。何かを身に着けるたびに、彼の顔が歳を取っていく。ジェイミーの目の前で、若々しさが消えていく。すっかり身なりを整えた彼は、さっきよりも十歳以上老けて見えた。初めて会ったときの年齢に戻ったのだ。あれは……何日前だったのだろう？　たった四日？

四年前のことだったように思える。

ステファノはジェイミーのほうを向いた。心配そうな表情で、何かを言おうと口を開くのだが、言葉が出てこないらしい。彼女のほうも何も言えない。目には見えないナイフが胸に突き刺さり、ハートがえぐり取られそうだ。

そもそも、何を話せばいいのか。

携帯電話が鳴り、ステファノはジェイミーを見たまま応答した。「ああ《シ》、大丈夫《ヴァ・ベーネ・》だ《オラ》」彼は親指で電話を切り、何かを話そうと口を開いた。

ジェイミーはさっと手を上げ、手のひらを彼のほうに向けた。本能的に反応したのだ。何も聞きたくない。何を言われても、悲しくなるだけ。

彼は沈痛な面持ちで、いちどだけうなずくと、ジェイミーに背を向けた。彼が寝室をあとにする際、ドア近くのテーブルで彼の名刺がふわりと舞い上がった。そのあとすぐ、スイートの入口のドアが静かに閉まる音が聞こえた。彼が出て行ったのだ。

シャワーを浴び、服を着て、荷造りしなきゃ、とジェイミーは自分に言い聞かせた。しかしその前に、深呼吸してえぐり取られたハートの痛みを少しでもやわらげないと。

* * *

ヘリコプターが上昇し、方向を定めるあいだ、ステファノは下を見なかった。眼下に広がるのは世界でもっとも美しいとされる風景なのだが、見ればそこに残してきた愛する人を思わずにはいられない。

愛。

おかしな言葉だ。厳しい闘いの日々を送る三十六歳の検事にとっては、ばかばかしい言葉ですらある。愛という言葉の意味さえ、よくわからない。それでも——それでもやはり、愛なのだ。ステファノはジェイミーとの恋に落ちた。『ロミオとジュリエット』のヒーローと同じように、悲しい恋だ。当面、この恋が幸せな結末を迎える可能性はない。

現在、セラをもう少しで追い詰められるところまで来ている。ステファノにはそれがわかる。情報屋の話では、セラは追い詰められて必死になっているともっぱらの噂《うわさ》だそうだ。必死になれば、危険を承知でステファノを抹殺しにかかる。シチリアでは、マフィアを追い詰めたところで、担当検事を殺せばふり出しに戻る、というようなことがよくある。次の検事は慎重になり、ステファノが調べ上げたことを、また最初から徹底的に検討し直すだろう。

セラがステファノを殺すことができれば、最低三、四年の時間を稼げる。永遠とも言える長さだ。四年あれば、形勢を完全に逆転できるだろう。だからセラはステファノを殺すためなら、手段は選ばない。

ただ、見方を変えれば、ステファノがセラを捕らえる可能性もじゅうぶんある。来年の今頃、ステファノはミラノに帰って、法律家として本来の仕事に復帰しているかもしれない。そしてセラは刑務所の中で裁判を待つのだ。

ただし、そうなるという保証はない。また、ステファノが狙《ねら》われる可能性がこれから日に日に高くなるのも、厳然たる事実だ。そんな状況に、女性を巻き込むことはできない。

ジェイミーと一緒にいるときほど、幸福を感じることはない。他の女性ではこうはいかなかった。セックスだけのことではない——もちろん彼女とのセックスは最高だが。彼女と一緒にいると、妙な気疲れもなく、ただしゃべっているだけで楽しい。率直に何でも話してくれ、彼女を知れば知るほど興味がわく。彼女はアーティストとしての才能に恵まれている。しかも見ていると心が痛くなるほど美しい。彼女と一緒にいると、その瞬間すべてが楽しい。

そんな女性を、あきらめられるはずがない。

そんな女性を、こんな生活に巻き込めるはずがない。

ステファノとカップルになれば、彼女は常に狙撃《そげき》される可能性を抱える。きれいな背中に、射的を貼《は》りつけたようなものだ。

ステファノの頼みでパレルモに留まれば、ジェイミーは動く標的となる。どんなときも警護の下に置かれる必要が出てくる。その費用を認めるよう、内務省を説得しなければならない。彼女の生活はまさに生き地獄と化し、いつまともな暮らしに戻れるのか、想像すらできない。

そんなことを女性に要求するのは酷だ。しかも彼女は生命力にあふれた、才能のあるアーティストなのだ。彼女のキャリアはここで足踏みすることになる。それは犯罪行為にも等しい。彼女が持って来ていたスケッチブックをぱらぱらとめくってみたが、自分のような芸術には無縁の者でも、彼女の絵画の高い芸術性は見て取れた。

「大丈夫か?」ブザンカの声がヘッドセットの中で響く。ヘリには他に四名の特別班のメンバーが乗っていて、全員が同じチャンネルに合わせている。誰もこちらを向かないが、みんなこの会話に耳を澄ましているはずだ。

大丈夫か? 何とばかげた質問だろう。

大丈夫なはずがない。胸が張り裂けそうに痛い。一生にいちどの女性のもとを今去って来たばかりなのだ。もう二度と彼女に会えないかもしれない。いや、実のところ、会ってはいけないのだ。

これまで蜜《みつ》の味を知らずに過ごしてきた。その味を知った上で、ステファノはまた冷たい鋼鉄の檻《おり》に戻って行くのだ。独りで。

「最高《ファンタスティコ》だよ」それだけ言うと、ステファノは音声スイッチを切った。

＊＊＊

帰りはぼんやりしていて、ほとんど何も目に入らなかった。涙をこらえようとまばたきばかりしていたのだ。同行してくれたのは、これまでまったく目にしたことがない警察官で、ジェイミーはヘリコプターの中でずっと孤独に包まれていた。それは構わない。誰とも話したくなかったから。話すことなど、まったく何もないのだ。

アパートメントの入口まで送ってくれたのは若い警官だった。キャリーバッグを足元に置き、軽く敬礼して階段を駆け下りて行った。やれやれ、これで厄介な仕事が終わった、と喜んでいるのだろう。アメリカ人女性の世話など、面倒でしかない。

まだ夕方の早い時間、ジェイミーの好きな時間帯だった。あたりが金色に染まり、鳥たちが巣に帰ろうと上空で円を描きながら舞う。パレルモの人たちは夜のために着飾り、街へ繰り出していく。

けれど、今は何もかもが遠くで起きていることのようで現実感がない。好きだ、という概念さえ、何だかいけないことのように思える。

入口にバッグを置いたまま、ジェイミーは特に目的もなくキッチンに入った。食べものはあまりないが、どうせ食欲がないのだから、問題はない。確か、サラパルータ・ワインのハーフボトルが残っていたはず。ワインなら喉を通りそうだ。ベランダに座ってワインを飲んでいるうちに、頭もすっきりしてくるだろう。

頭がすっきりして、気持ちが落ち着いたところで、おじいちゃんに電話してみよう。最初に、ずっと連絡が取れなくなっていたことに文句を言い、その後、おじいちゃんの低音の声に耳を傾けよう。おじいちゃんも近頃では老人らしい震え声になったけれど。ステファノと何があったかは、言わないでおこう。ただ、おじいちゃんは敏《さと》いから……。でも、いつもいいことを言ってくれる。おじいちゃんの助言は心にしみる。

アパートメント契約に含まれていた食器の中からクリスタルのグラスを出し、ワインを注ぐと、ジェイミーはリビングへ移動した。タオルミーナに出かける前に、きっちりカーテンを閉めていったので、室内は暗かった。黒いベルベットのカーテンの端から金色の光が見える。外のベランダはきっときれいだろう。金色に輝く白ワインを金色の夕焼けの中で楽しめば、少しは心が晴れるかもしれない。

あーあ。ジェイミーはカーテンを引こうと手を伸ばした。

「どんな感じなのかね、検事とやるのは？」暗がりから、男の冷たい声が聞こえた。

ジェイミーは、きゃっと叫んでグラスを落とした。大理石の床に当たって粉々に割れ、彼女の足元にワインとガラスの破片が降り注ぐ。

　男は、ジェイミーの肘掛け椅子に腰を下ろしていた。きれいな飾り彫りが施された丸い木のテーブルの前に置いてある椅子で、テーブルの上には緑のシェードが美しいバンカーズ・ランプがある。彼女のお気に入りの場所だった。男がランプのスイッチを入れ、姿が見えた。背はそう高くなさそうだが、非常に肩幅が広い。どちらかと言えば、ずんぐりした体型で、脚は短く、胸板が厚い。がっちりと頑丈そうな太い首、四角い顔に尖った頭、刈りこんだ髪やひげは白髪交じりだ。

　残忍さがにじむいかつい顔は、無表情だ。冷たく、暗い瞳。

　これほど恐ろしい風体の男は、めったにいないだろう。

　体型の割には、男はエレガントなスーツに身を包んでいる。特別に誂《あつら》えたもののようだ。吊《つ》るしの既製品では、この体型にぴったり合うスーツはないだろう。薄い金の時計、大きな金無垢《きんむく》の指輪、そしてその手にはピストルが握られている。銃口をぴたりとジェイミーの心臓に向けて。

「何――」声が出ない。恐怖で肺がうまく空気を出し入れできないのだ。心臓が大きな音を立て、不規則に脈を打つ。壊れたメトロノームみたいだ。「何が欲しいの？あなたは誰？」やっと声が出るようになったが、ささやくぐらいの大きさにしか聞こえない。

男はただ、暗く黒い瞳《ひとみ》でジェイミーを見るだけ。二年前の夏、近代建築の勉強をしにバレンシアに行ったときのことを思い出す。バレンシアにはすばらしい水族館があり、巨大な水槽の中を通る強化プラスティックのトンネルが人気の理由だった。うようよと泳ぐ鮫《さめ》を間近に見られるのだ。鮫は見物客のすぐ目の前まで来て、襲いかかろうとするかのように口を開ける。その中の一匹がずっとジェイミーのあとをついて来て、死んだような黒い瞳に残忍な光を浮かべて彼女を見ていた。

この男は、そのときの鮫を思い出させる。

男は何も答えない。ただ、ピストルとは反対の手に持った携帯電話に向かって、何かを命令している。

すると、ジェイミーの携帯電話が鳴った。ちらっと見ると、おじいちゃんの番号だ！

ジェイミーは銃を持った男を見つめ、祖父からの電話に応答しなかった。

「出ろ」男が命令する。

ジェイミーがためらっていると、かちゃっという金属音が静かな部屋に響いた。それが銃の安全装置を外した音だということぐらい、ジェイミーにもわかっている。手が震えて、スマートフォンが床のワインの中に落ちてしまった。もう一回拾おうとして、さらにやり直してから、やっと電話を拾い上げることができた。どうにかガラスの破片で指も切らずに済んだ。

「も、もしもし。おじいちゃん？　今ね、ちょっと取り込んで――」

「てめえのじいちゃんじゃ、ねえよ」電話から聞こえる声は、低くて悪意に満ちている。完璧《かんぺき》なアメリカ英語、ボストン訛《なま》りが強い。「画面を見ろ」

　これは悪い夢だ。そうに決まっている。それでもジェイミーは電話を耳から離して、画面を見た。そこに見えているものが何なのかが、わからない。どうも……人の顔みたいだが、ひどく腫れ上がって、元の輪郭すらわからない。ショック状態の彼女の頭が、懸命に小さな画面に見えるものの意味を理解しようとした。

　不意に、頭の中でその映像がひとつの形を作り、彼女ははっと息をのんだ。グロテスクな顔――片目は腫れて開かず、黒い血の塊がこびりついている。顔の片側を血が流れ落ちている。何となく顔が斜めになっているような……それからさらに数秒かかって、やっと彼女はその顔には片方の耳がないことに気づいた。切り取られて、そこから血が流れているのだ。頰を伝って肩まで。唇も腫れ、歯が一本なくなっている。頭のてっぺんをぐるりと囲むような白い毛。この禿げ方には何だか見覚えが……

胃が喉までせり上がるのを感じるあいだ、時間が止まったかのように思えた。

机のそばのゴミ箱をつかんで、胃の中のものを激しい勢いでそこに吐き出す。たいした量ではなかったが、ジェイミーは胃の中が空っぽになるまで嘔吐《おうと》した。震える手でかろうじて机の端をつかみ、がくがく震える膝で立つ。彼女の目は小さな画面に釘《くぎ》づけになった。残酷なボストン訛りの男は、次々と恐ろしい画像を送り続けてくる。

すべての写真が、暴行を受ける祖父の姿だった。そして最後の写真。ロープで椅子にくくりつけられ、ぐったりと頭を片方に落として座っている姿。

ああ、どうしよう。おじいちゃん——おじいちゃんは死んだの？

口の中が砂でじゃりじゃりする感じ——乾いて、声がうまく出ない。ジェイミーは自分の肘掛け椅子に座る男のほうを見た。「祖父は生きているの？」

男は自分の携帯電話に何かを話した。するとジェイミーのスマートフォンのスピーカーから震える声が聞こえた。「ジェイミーかい？」

彼女は叫び声を上げながら、携帯電話にしがみついた。そうすれば、画面の向こうの祖父に触れられるとでも思っているようだった。「おじいちゃん！　ああ、どうしよう。おじいちゃん！」

そこで接続が切れた。

「もういいだろう」鮫の目の男が言った。「おまえのじいさんは、生きている。今のところはな。おまえが俺の言うとおりにすれば、そのまま生かしておいてやってもいい」

　男の言葉など、ほとんどジェイミーの頭には入ってこなかった。全身に怒りが満ち、頭の中で嵐が巻き起こる。雷鳴がとどろき、頭にあった良識を洗い流していった。そこに残るのは憤怒と憎しみだけ。鮫の目の男がどんな体つきだったか、彼が銃を持っていたことさえ忘れていた。そのときの彼女の認識能力では、彼の手の先でこちらを向いているのは、少しだけ延びた腕の部分にすぎないと判断した。

　うわーっと叫びながら、ジェイミーは男に飛びかか――ろうとして、途中で体が動かなくなり、後頭部に鋭い痛みを感じた。

　もつれた足をどうにか立て直そうとする。首の骨が折れるのではないかと思うほど頭を強く後ろに引っ張られ、涙がにじむ。そのとき頭を引っ張っていた力がぱっと消え、ジェイミーは膝から床に崩れ落ちた。床に手をついたので、ガラスの破片が刺さって手のひらを深く切った。

　背後から、ぐいっと腕を引っ張られ、腕がちぎれそうになる。

　そのときになってやっと、部屋に男がもうひとりいることに気がついた。この二人目の男が、肘掛け椅子に座った男に体当たりしようとしたジェイミーの髪を後ろから引っ張ったのだ。また引っ張られ、自分を羽交《はが》い絞《じ》めにする男の体を背中に感じる。汗と安もののコロンの臭いがする。喉を苦いものが上がってくるのがわかり、嘔吐しないように、その液をのみ込んだ。

鮫の目の男が立ち上がり、ゆっくりとジェイミーのほうへ歩いて来る。ジェイミーを後ろから押さえている男の力は強く、どうあがいても動けない。後ろを蹴《け》ろうとしたのだが、頭を殴られただけだった。大きな耳鳴りがする。

「やめろ」鮫の目の男の言い方は穏やかだった。その声の何か、あるいは男の外見のどこかに、抵抗をやめさせてしまう力があった。この男は危険だ。これまでに出会ったことのないタイプだ。ジェイミーの本能がそれを察知した。文明の曙《あけぼの》が人類に訪れる以前、人間が野性の暮らしをしていたときに身に着けた知識で、それがわかる。

この男は、とても、とても危険だ。

ジェイミーは動くのをやめた。背後の男が、押さえる力を少し緩める。この男たちは野獣のようなもので、獲物が抵抗する気力を失ったとき、それを感じ取るのだ。この野獣たちに対して、ジェイミーができることは何もない。いっさい。

鮫の目の男が、ジェイミーの目の前に顔を近づける。彼女は顔をそむけようとしたが、もうひとりの男にしっかりつかまれていて、正面から向き合うしかなかった。

「一回しか言わないから、よく聞くんだ。わかったら、一回うなずけ」

ジェイミーの頭が、鋭く上下に動く。

強いシチリア訛りがあるものの、男の英語は完璧だった。

「明日の朝、ステファノ・レオーネ検事に電話するんだ。九時きっかりに。わかったら、また首を縦に振れ」

彼女はまたひょこり、と首を振る。

「方法は何でもいい、とにかくあの男をここに来させろ。できるだけ早く、車でここに来るようにと頼むんだ」

「そんなことできないわ」ジェイミーの声に絶望感が漂う。「検事さんなんだから法廷に出ているかもしれないし、出張で町にはいないかもしれない。いたとしても、私なんかの頼みを聞き入れてくれるはずがないわ」

男の頬で筋肉が波打つ。男がジェイミーの返答をどう受け止めたのか、彼女には見当がつかない。彼女の言葉で納得したのか、嘘をついているのがわかったのか。

「あいつは朝九時に間違いなく自分の執務室にいる。おまえが頼めば、あいつは必ず来る。何せ、あいつはおまえにめろめろだからな。さあ、自分が何をするのか、きちんと言ってみろ」

「検事に電話する」言葉にするのがやっとだった。「朝九時に。でも――」

「電話しない場合は」鮫の目がいっそう鋭くジェイミーを見据える。視線が痛いほど彼女に突き刺さる。真っ黒な目だ。暗くて瞳孔《どうこう》と虹彩《こうさい》の境界がわからない。いっさい何の表情も見せず、見られた人を恐怖に震え上がらせる目。

「検事をここに呼び出せないのなら、おまえのじいさんは四、五日痛い目に遭わせてから殺すことにしよう。必ず、だ。じいさんは生きたまましばらく苦しむんだ。時間をかけて、絶え間ない痛みを味わわせてやる。そうなるのもすべて、おまえのせいだ。じいさんには、そんな地獄の苦しみを体験するはめになったのは、孫娘のせいだとわからせてやる。いずれ死体はどこかに棄てる。発見はされるが、身元の確認にはＤＮＡ検査が必要だろうな。両手を切り落とし、歯をすべて抜き、胴体と頭は別のところに廃棄するんだから。さて、俺の言ったことが理解できたのなら、また首を縦に振れ」

ジェイミーの頭の中でまた悲鳴がふくれ上がる。自分の体をコントロールできなくなり、彼女はただぶるぶると震えた。

鮫の目の男が、視線をジェイミーの頭の後ろに上げる。すると彼女は背中のちょうど腎臓の真上に激しいパンチをくらった。これまで体験したこともない猛烈な痛みを感じる。目の前が白く熱くなり、体が何かで突き刺されたように感じる。

「俺の言うことがわかったら、うなずくんだ」鮫の目の男の口調には、いっさい何の変化もない。

ジェイミーはまた首を上下に動かした。

「何をするのか、きちんと復唱してみろ」

痛みでほとんど声も出ない。「電話……する。ステファノに……明日」息も絶え絶えにそれだけ告げる。

「時間は？」

「九時」彼女の体をきつく締め上げていた力が、ふっと緩んだ。彼女はよろめき、転ばないようにと机に手をついた。背中の下のほうの痛みが、全身に広がる。

「いいだろう」

ジェイミーは立っているのもやっとの状態だった。鮫の目の男は、ピストルをショルダー・ホルスターに納めた。ホルスターがそこにあったことに、彼女は初めて気がついた。男は上着の前を合わせる。「この部屋には集音マイクを仕込んでおいた。建物の外には、見張りを置いておく。おまえが検事に前もって電話して、何らかの形で警告を与えようとしても、俺たちには筒抜けだからな。あいつのところに電話がかかったかどうかも、俺たちにはわかる。明日の朝九時に、あいつのところに電話がかからなければ、おまえのじいちゃんがどうなるか、考えてみるんだな。わかったら、またうなずけ」

ジェイミーはおとなしくうなずいた。

鮫の目の男は、もういちどジェイミーの背後の男をちらっと見た。すると彼女は頭に鋭い痛みを感じ、そのまま目の前が暗くなっていった。

8

これで最後だ。ケイマン諸島にあるセラの銀行口座の差し押さえ令状にサインをして、ステファノはペンをほうり投げた。もう夜中の三時になっていた。立ち上がってぐっと背伸びをしたあと、前屈して足先に手をつけた。徹夜仕事をしたことは何度かあるが、いつもそのあとは疲労困憊《こんぱい》という状態だった。それでもサルバトーレ・セラを捕らえられるのなら、その価値はある。疲労ぐらい何でもない。この三年間、ずっと疲労は蓄積したままで、常に疲れを感じながら仕事をこなしてきた。

ところが、今は違う。

今は無理をしている感じがない。パレルモに到着してから自分のアパートメントに立ち寄りもせず、ノンストップで仕事を片づけたのだが、それでもエネルギーが体に満ちあふれている感じだ。理由のひとつは、セラを逮捕するめどがついたからだ。

ステファノの曾《そう》祖父は有名なハンターだった。アフリカのサファリや遠くはインドへの狩猟旅行のための散財で、先祖伝来の財産を失った。母の実家の屋根裏には、虫食いでぼろぼろになった動物の剝製《はくせい》がいっぱいある。ステファノ自身は動物を狩ることなど大嫌いだったが、ハンターとしての資質は血の中に流れているようだ。ただ砂漠やジャングルの野生動物ではなく、もっと挑戦しがいのある生きものを狩るほうが楽しい。

人間だ。

そして、獲物はもう手の届くところにいる。法律的にまったく抜け穴のない起訴状を用意しただけでなく、セラの資金源を断ったのだ。つまり、セラは逃走しようにも隠れ場所がないわけだ。

獲物は近い、という感覚が、ステファノの野性の本能を刺激したのは確かだ。しかし、エネルギーがわいてくる理由の大部分はジェイミーだ。彼女がステファノに新たな人生への展望を示してくれた。新たな希望だ。将来、いつになるかはわからないが、必ず、本来の自分の生活を取り戻す。その生活をジェイミーと一緒に送る。何としても。

ひどい別れ方をした。言いたいことを何も口にできなかった。将来のことを少しでも計画できるとは思えなかったのだ。二人で過ごした週末は、ほんのひとときだからこそ許されたものであり、今後あんな時間は許されないとわかっていた。セラを捕らえるまでは。

だから、何も言えなかった。何も言わなかった。

ステファノの心にあった言葉――『君と一緒にいて本当に楽しかった。俺にとって大切な時間になった。できるだけたくさんこういう時間を持ちたい。俺たちのあいだには、特別に惹《ひ》かれ合う何かがあると思う』――は、あの時点では実現不可能だった。

これから一生、あのときの彼女の顔が脳裏に焼きついて離れないのだろう。青白くショックで強ばっていた。唇を嚙《か》んでいたのは、彼女のほうも言うべき言葉がないと悟ったからだ。ジェイミーは何と言っても聡明《そうめい》な女性だから。聡明で、女性としての魅力にあふれ、美しく……

彼は目を閉じた。彼女への欲望が募る。しかしまた目を開けた。欲望を募らせたところで、何も変わらない。セラの組織を根絶やしにすることだけが、これからの人生を変えてくれるのだ。それなら、さっさとその任務を完了させよう。

ステファノは椅子《いす》に座り直し、パソコンのキーボードに向かった。はて？

スカイプの連絡先追加リクエストが来ている。

誰がコンタクトを求めているのだろうとスカイプを開いて、彼は笑顔になった。スカイプ名は JamieinBoston ——ボストンのジェイミーだ。

今はボストンではなくパレルモにいるのだが。

少しぐらいスカイプで私的な話をしたところで、文句を言うやつはいないだろう、と思ったステファノは、リクエストを承認した。すると、即座にビデオ電話の着信があった。クリックしてビデオ電話を受ける。

彼の心臓がびくっと縮まり、鼓動が乱れた。血まみれで、涙のにじんだジェイミーの顔が画面に現われたのだ。

＊＊＊

目を開けて最初、視界にあるものが何なのか、彼女にはさっぱりわからなかった。世界が斜めになっている、何かのしぶきが見え、ガラスの破片がランプの光できらめいている。

アルコールのつんとした臭《にお》いがあたりに立ち込めている。夜だ。吐瀉物《としゃぶつ》のひどい悪臭と混じり合う。後頭部が痛い。手が痛い。頰《ほお》が痛い。

このひどいありさまは何？　いったいどういうことなの？

そのとき、ジェイミーはすべてを思い出した。ああ、どうしよう。悪夢のようだけど、これは現実なのだ。

ふと後頭部に手をやった。そのあたりの頭皮がひりひりする。指で軽く押さえてみると、何だかぐしゃっとした感覚があり、手を戻すと指が赤く染まっていた。出血しているのだ。頰も血まみれのようだが……おそるおそる頰に触れると何かが刺さっていた。それを引っ張ると——銀色に光る鋭いガラスの破片で、抜いたところからさらに血が流れ落ちてくる。

起き上がろうとしたのだが、なかなかうまくいかず、二度目でやっと座り込むことができた。目の前がぐるぐる回っている。胃液が喉元《のどもと》に上がってくるが、懸命にのみ込む。頭が痛くて、思考回路がつながらない。脳震盪《のうしんとう》を起こしているのだろうか？

たぶん。

しかし、そんなことは心配ごとリストのいちばん下に来る項目だ。ジェイミーはしばらく床に座って頭のふらつきが治まるのを待ち、それから椅子にすがって立った。

男たちは出て行った。アパートメントはいつもの落ち着きと静けさを取り戻した。この部屋のことは、もうすっかり理解している。男たちがいれば、空気が異なるはず。彼らは邪悪さをまき散らし、それが悪臭のように部屋の中に漂うのだ。

彼らは消えたが、ジェイミーの問題が消えたわけではない。

ああ、どうすればいいのだろう。頭が痛く、頬も痛いが、心の痛みに比べればそんなものは何でもない。さらに、彼らによって祖父が体験させられている痛みに比べれば。

祖父のことを思うと、全身が恐怖に震える。

残忍きわまりない悪党の手に落ちたおじいちゃん。痛めつけられ、傷を負わされた、大切な、大切なおじいちゃん。このままだともっと痛めつけられることになる。

ふらつく足で窓に近づき、カーテンを引いた。道路の反対側に立っていた男が顔を上げ、ジェイミーのほうを見る。監視しているぞ、という事実を隠そうとさえしない。

おじいちゃんまで巻き込んで、絶体絶命の状態に追い込まれたのだ。

どうすればいい？

ジェイミーが十二歳のときのこと、ハーラン・エドワード・ノリスは法曹界の重鎮で、長年務め上げた判事としての職を退職したばかりだった。背が高く整った顔立ちには気品があり、物腰に生まれのよさがにじみ出る紳士だった。そんなある夜、彼の娘であるジェイミーの母は、夫とともにコンサートを楽しんだ帰り道、交通事故に巻き込まれて命を落とした。元判事はすぐに両親を失った孫を引き取った。彼は法的にもジェイミーの保護者となった。彼は六十五歳だった。その後、彼は大学院の教授として迎えられた。

嘆き悲しむ少女を自宅に連れて帰った彼は、その日以来、彼女の父となり、母となった。乳母であり、きょうだいのようなよき理解者でもあった。思春期のジェイミーには、短い期間だが反抗期もあった。その間も、彼はどっしりと構えて、ぶれることがなかった。大学に通うあいだもずっと見守ってくれ、ジェイミーが自分のビジネスを立ち上げる際には、お金を貸してくれた。

ジェイミーは二十五歳になったときやっと、祖父がいかに苦労してきたかに気づいた。一夜のうちに思春期の少女にとっての唯一頼るべき存在となったのだ。祖父はただただ、ジェイミーを慈しみ、情愛で包み込んでくれたので、彼女自身は祖父の苦労には無頓着《むとんじゃく》でいた。しかし判事を引退した祖父には、他にやってみたいことがあったかもしれない、あるいは、ロマンティックな関係のある女性がいたのかも。それでも祖父が不満を漏らしたことはいっさいなく、ジェイミーは自分が無条件に愛されていると信じて疑わなかった。

そんなおじいちゃんも、今はずいぶん歳を取った。体も弱っている。リウマチに悩まされて、動きがぎこちない。喘息《ぜんそく》もある。こういったギャングたちに対して、何ひとつ抵抗することもできないのだ。赤子も同然だ。

おじいちゃんは、もうかなりの怪我《けが》を負っているが、悪党たちがおじいちゃんをさらにひどい目に遭わせる気でいるのは明らかだ。おじいちゃんを救うためなら、何でも、何だっててする。

一方、ステファノ・レオーネと知り合って、何日――たったの四日だ。これまでずっと愛情を注いでくれたおじいちゃんと比べると――何でもない。

おじいちゃんを必ず救う。助けられない場合など、考えられない。そのためにステファノを狼《おおかみ》に投げ入れなければならないとしても、そんなことをすると思うと目の前がくらくらするし、胸に大きな岩の塊を置かれた気分になるけれど、それは仕方ない。

それでも……それでも……

そんなことをしたら、おじいちゃんに何と言われるだろう？

おじいちゃんは、不当な圧力にはけっして屈しない人だ。法の秩序を信じ、法がもたらす正義こそが自らの存在意義だと自負してきた。おじいちゃんの人生は、悪事を働いた人を裁くために捧《ささ》げられてきた。殺すぞ、という脅迫状を受け取ったこともあるし、二度ばかり、おじいちゃんがどこに行くにも警護の人たちが付き添っていた時期もあった。警護は数ヶ月も続いた。それでもおじいちゃんがひるむことはなかった。おじいちゃんとステファノは、法の番人だ。法の秩序を乱そうとする人たちに敢然と立ち向かう。どちらも防波堤となり、世間を邪悪なものから守る。邪悪という言葉でまず思いつくのは、アパートメントに侵入し、ジェイミーを脅した男だ。あれがギャングのボス、セラなのだろう。そうに違いない。

あの男がこんなことをしたのは、自分がステファノに捕らえられる寸前だとわかっているから。地球の裏側にいる老人を誘拐し、ステファノをおびき出そうとしているが——どう考えても、かなり切羽詰まった人間の行動だ。

おじいちゃんを助けるか、それともステファノ？

頬が冷たく、ガラスで切ったところがひりひりした。手で触れて、自分が涙を流していることに初めて気づいた。暑い日に汗をかくように、とめどもなく涙が流れ落ちる。

究極の選択だ。けれど、どちらかを選ばねばならない。ジェイミーはしばらく窓辺に立ち、頭を垂れていた。血に染まった涙がぽたぽたと床に落ちる。胸が苦しい。見えない手が胸の周囲を押さえつけ、もがいても逃れられない。その手がどんどん彼女から生命力を奪っていく。

選ぶのは不可能。選択肢はない。それなら、するべきことはひとつ。

アパートメントの内部をよく把握していたのは幸いだった。涙に曇って、前がよく見えないのだ。グレーのベールを通して世界を見ているようなものだ。

どういう方法が使われているのかはわからないが、ここは盗聴されている。だから、自分の行動を音で知られないようにしなければならない。

iＰｏｄはドック・スピーカーにつないであった。ジェイミーはプレイリストからイル・ディーヴォを選んでボタンを押した。これでいい。美しい男性のコーラスが部屋に満ちる。ボリュームを上げよう。盗聴されていても、キーボードを叩《たた》く音が音楽にかき消される。

彼女はパソコンを取り出し、電源を入れた。早く……

こんなことをしたら、おじいちゃんを死に追いやってしまうかもしれない。いや、おじいちゃんはもう死んでいるのかも……

ジェイミーは涙を拭《ぬぐ》い、音声ボタンをクリックしてミュートにし、スカイプを開いた。連絡先追加のリクエストを送信する。

相手はUomodiferroだ。

ステファノのスカイプ名は、携帯電話の番号とともに、彼がホテルを去り際に置いていった名刺に書かれていた。そのハンドル名を見たときは、ついほほえんでしまった。ウオモ・ディ・フェロ、つまり鉄《アイアンマン》の男だ。ベッドで、二人は子どもの頃の思い出をあれこれ語り合ったのだが、彼はアイザック・アシモフと同じぐらい、『アイアンマン』のコミックに夢中だったと告白した。

夜中の三時だが、ステファノはまだ仕事をしていたようだ。さらにジェイミーのスカイプ名をすぐに理解したらしい。確かに〝ボストンのジェイミー〟というのはわかりやすいハンドル名ではある。まもなく彼の顔が画面に映し出された。最初はうれしそうな顔だったのだが、即座にその表情が曇る。

『ジェイミー！　どうしたんだ』口の動きだけで彼が何を言っているのかが、わかる。彼女は〝ここにメッセージを入力〟のボックスに文字を打ち込み始めた。

JamieinBoston：ミュート・ボタンをクリックして。

ステファノの唇がなおも動く。『何があったんだ？』

JamieinBoston：音を消すのよ。私たちがメッセージをやり取りしていることを誰にも知られてはいけないの。特別班に裏切り者がいるわ。

彼の目が大きく見開かれ、その後、心配と警戒が入り混じった表情になった。

Uomodiferro：君、怪我をしているじゃないか。血が出てる。

JamieinBoston：ええ。どうってことはないわ。気にしないで。話があるの。今日、帰宅すると男が私の部屋で待っていた。二人いたわ。二番目の男は見えなかった。ずっと背後にいたの。目の前の男は……怖かった。白髪交じりの短い髪で、黒い瞳、牛みたいな体つきだった。

Uomodiferro：ちょっと待ってくれ……

ステファノが体を一方に伸ばして、一瞬モニターから消えた。また画面に戻って来た彼は、写真を数枚手にしていた。白黒、カラー、両方あったが、一枚ずつ、ジェイミーに見えるように掲げる。すべてが望遠レンズで撮影されたもので、被写体となっている男が監視対象だったことは明らかだ。車に乗るところ、空を見上げるところ、港で船に乗るところ。ブリーフケースを手に道路を歩くその男が振り返った瞬間をとらえた写真もあった。

ピントが合っていないものも多かったが、この男が何者かに関しては疑いの余地はない。

Uomodiferro：こいつか？　こいつが君の部屋に押し入ったのか？

JamieinBoston：ええ。

彼の顔が引きつり、険しい表情になった。その顔つきは、ジェイミーでも恐ろしく感じるほどだった。

Uomodiferro：この男に怪我を負わされたんだな？

JamieinBoston：ええ。

Uomodiferro：狙《ねら》いは何だった？　何を要求された？

JamieinBoston：私の祖父を人質にしているの。おじいちゃんと連絡を取ろうとしていたのに、何日か前から音信不通だった。そしたら、あいつらに拉致《らち》されて、ひどいことをされていた。

ジェイミーの指が止まった。震えてキーボードを叩けなくなっている。手っ取り早い方法として、スマホをパソコンの画面に向け、送られてきた写真をステファノに見せた。四枚の写真をスクロールし、年老いた男性が激しい暴行を加えられている様子を見せる。

落ち着きを取り戻そうと、彼女は片手で目元を覆った。もう決めたのだ。今さら弱音は吐けない。

JamieinBoston：おじいちゃんが何をされたか、これでわかったでしょ？　ここに来た男に言われたわ――おじいちゃんはこれよりもっとひどい目に遭うんだって。必ず――

手が激しく震えて、またその先を打ち込めなくなり、ジェイミーはいちど深呼吸した。そして顔を上げ、画面のステファノをまっすぐ見つめる。彼もジェイミーを見つめ返す。鋭い視線で、鼻孔がふくらんでいる。

JamieinBoston：必ず地獄の苦しみを味わわせてやる、殺すのはそれからだって。助けたいのなら――

ジェイミーの手が、また止まる。今度は指が文字を打つことを拒否して動かない。画面のステファノを見ることもできない。

Uomodiferro：助けたいのなら、何だ？

心臓が破裂しそう。息ができない。ジェイミーは手元のキーボードに視線を落としたまま、文字を打った。

JamieinBoston：あなたを裏切れ、と。明日の朝九時に電話をして、ここにすぐ来るように頼めと言われたわ。もちろん、あなたを襲うつもりよ。私が電話であなたを呼び出さなければ、おじいちゃんは死ぬ。それも凄惨な暴行を受けたあとで。でも、あなたを裏切るなんて、私にはできない。

彼女は顔を上げ、画面のステファノをそっと撫《な》でた。

JamieinBoston：あなたを売れ、なんて無理よ。

Uomodiferro：いや、無理じゃない。ぜひそうしてもらいたい。

ジェイミーは驚いた。読み間違いをしたのかと、涙を拭いて顔を画面に近づけた。

JamieinBoston：どういう意味？

Uomodiferro：明日の朝九時きっかりに、君は俺に電話する。ヒステリックに、どうしても今すぐ来てほしいと言い張るんだ。できるかい？

ステファノは、彼を待ち伏せしている者を待ち伏せる気だ。

JamieinBoston：ええ、もちろん。でも危険なのよ。

Uomodiferro：わかってる。それから、そのおじいさんの写真を俺に送ってくれ。何とかできるかもしれない。心当たりがあるんだ。

JamieinBoston：ステファノ、これはアメリカよ。あなたの力では……誰にも、どうしようもないわ。

Uomodiferro：俺を信じてほしい。いいか？

JamieinBoston：ええ。

Uomodiferro：では、今すぐその写真を送ってくれ。それから明日の朝九時ちょうどに、俺に電話するんだ。

二人は互いを見つめ合った。ジェイミーの目に、彼の力強い表情が映った。

JamieinBoston：電話する。でも、もうひとつ知らせておかなければならないことがあるの。特別班のメンバーに裏切り者がいるわ。あのセラって男が言ってたのよ、あなたが電話を受けたかどうか、わかるようになっているって。つまり、内部から情報を流している人がいるの。

Uomodiferro：わかった。それはこっちで解決する。もう電話を切らないと。君が電話してくるまで六時間もない。それまでに準備しておかねばならないことが、いっぱいある。

JamieinBoston：気をつけてね。

Uomodiferro：ああ。愛してるよ。

ジェイミーが返信する前に、彼はスカイプを閉じていた。ジェイミーも本当の気持ちを伝えるつもりだったのに。〝私も、愛しているわ〟

＊＊＊

睡眠は問題外だった。とうてい考えられない。ジェイミーの体は、眠ってみようと考えることさえ受け付けなかった。気に入りの肘掛け椅子で体を丸めて休息することも無理だった。あの男がそこに座ったのだ。邪悪さの権化が、そこに腰を下ろした。

仕方なく、彼女はソファの隅に腰かけて、時間が過ぎるのを耐え忍んだ。ときどきステファノのことを思ったが、ほとんどの時間は祖父のことで頭がいっぱいだった。自分のせいで、祖父を死なせてしまう。長時間苦しみ抜いたあげく、痛みから逃れる手段が死だけなのだ。きれいな言葉で言い換えても同じ、その厳然たる事実が、彼女の頭から離れなかった。

祖父は惨めな死に方をする。その原因を作ったのはジェイミーだ。彼女が生まれてからずっと、ただただ彼女に愛情を注ぎ、支えになってくれた人なのに。

これから起こることは耐えられないぐらい恐ろしい。ただ、それでも何よりも辛いのは、祖父がジェイミーの決断を認め、賛成してくれるのがわかっていることだ。おじいちゃんのことなら、何から何までわかっている。おじいちゃんは誇り高く、何ごとにも筋を通し、文明社会には法の秩序が必要であると強く信じつつも、同時に現実的な考え方をする人だ。孫娘だからこそ知っている事実。

おじいちゃんは人生をじゅうぶんに生きた。長く、栄誉に彩られた人生だった。ノリス教授のような一生を送れれば、誰だって誇らしく思うだろう。もう人生の終着駅を目の前にした自分のために、孫娘が別の男性の命を犠牲にすることを望まないだろう。その男性が善良で、今後長年にわたって社会に貢献できる青年だとわかっていれば、なおさらだ。

だから、ジェイミーの決断をおじいちゃんは許してくれる。

でも、そう思ったところで、気が楽になることはない。

ジェイミーと祖父とは波長が合うと言うのか、よく、互いの気持ちを察し合った。どちらかが言い出した話を、もう一方が先回りして締めくくる、というようなこともしょっちゅうだった。もし、二人のあいだにテレパシーが通じているのなら、今こそその力を使おう。

ジェイミーは祖父に、強い愛情を送った。念力でも何でもいい、テレパシーみたいなものを使って、とにかく懸命に気持ちを伝えようとした。それ以外に、祖父にしてあげられることとは何もないのはわかっていた。

その夜は静かだった。普段なら隣人の話し声や、どこかでテレビの音が聞こえることもよくあり、道路を走る自動車や、吠《ほ》える犬の存在も感じるのに、今夜に限って何も聞こえない。静かで、すべてが動きを止めたような夜だった。ときおり静寂を破って上空をヘリコプターが飛ぶ音だけが聞こえる。他の音は何もない。

時間がのろのろと過ぎていく。ジェイミーの心も沈んでいくばかりだ。やがて東側に面したキッチンの窓から、淡い曙光《しょこう》が射し込み、リビング・ルームの分厚いカーテンの裾《すそ》が黄色い光で縁取られた。

夜明けだ。六時。あと三時間。

少しうとうとしたのか、八時にふと気づくと、長時間同じ姿勢でいたせいで、体のあちこちが痛かった。ジェイミーはリビングのカーテンを開けた。そうするようにと言われていたのだ。昨夜の男はまだ通りにいた。商店のウィンドウにもたれ、こちらの窓を見つめていた。ジェイミーとその見張り役の男の視線が合い、ほぼ一分ばかり互いを凝視したあと、ジェイミーのほうが顔をそむけた。

ここへやって来るステファノを殺すつもりなのだ。特別班から選ばれた彼の護衛が防ぎきれないような殺害計画を立てて。しかも、その特別班の中に裏切り者がいる。ステファノは心身ともに頑健だ。彼の強さを、ジェイミーは身をもって知った。それでも、銃弾を跳ね返せる人はいない。もちろん、防弾着でも身に着けていれば別だが。どうか、防弾着を着ていてくれますように。

しかし、サスペンスや推理小説の好きなジェイミーは、世の中には恐ろしい武器があることも知っていた。そういう武器を使えば、人の命をいとも簡単に消し去ることができる。たとえばスナイパーがライフルで頭を狙うとか、車に爆発物を仕掛けるとか。悪いことをするやつの中にはロケット・ランチャーを所有している者までいるらしい。

重りをつけられたように進みの遅かった時間が、突然川のように流れ始めた。水かさを増して怒濤《どとう》のように海へ流れ込む。その力は凄《すさ》まじく、止めようがない。あっという間に九時になった。

時間だ。

昨夜からまんじりともせずに、どんな口実を使って彼に連絡すればいいか考えた。しかし、何を言ってもまともな理由には思えない。ジェイミーは震える指でステファノの電話番号を押した。ただ何を言うにせよ、今感じている重圧と恐怖は本ものだ。盗聴されているだろうから、できるかぎりの演技をするしかない。

「ジェイミー」豊かな張りのある声が聞こえた。ああ、この声が好き。「どうしたんだ？」

すると、言葉がひとりでに彼女の口からあふれ出てきた。今は、自分の言葉に集中しなければ。ステファノの敵は電話を盗聴している。ジェイミーがすでにステファノに連絡していることを言葉の調子で勘づかれれば、祖父だけでなく愛するステファノの命をも危険にさらす。

「ステファノ！」生の感情があふれ、涙声になる。「ステファノ、あなたが必要なの。あなたがいないと、さびしくて仕方ない。あなたのことばかり思って、夜も眠れないわ。ここに来て。今すぐ。どうしても。あなたがいないと、私、もうだめ。あんなふうに私から去るなんて、あんまりよ！」彼女の声はヒステリックになっていった。「目の前に睡眠薬があるわ。たっぷり、ひと壜《びん》。嘘《うそ》じゃないのよ。今すぐあなたに会えないのなら、もう生きている理由がないわ。睡眠薬を今すぐ全部のんでやる！」

そこですすり泣いたが、涙は嘘ではなかった。

彼の落ち着いた声が響く。「ジェイミー、後悔するようなまねはやめるんだ。俺がそっちに向かうから。これからすぐだ。俺が着くまで待っててくれ。二十分もかからないはずだ。俺が到着してから、二人で話をしよう」

緊張の糸がぴんと張りつめ、ジェイミーはその糸をこれ以上引っ張っていられなくなった。

「できるだけ早く来て」そう叫ぶと、彼女は電話を切った。

ついに、やった。

これで、ステファノを死に追いやったかもしれない。

じっとしていられなくなった彼女は、立ち上がってリビングの窓辺に近寄り、またカーテンを引いた。シチリアの太陽があまりにまぶしくて、首をすくめる。しばらくして目が慣れてくると、視界もはっきりしてきた。下を見ると、道路には誰もいなかった。鮫《さめ》の目の男の見張り役は、消えていたのだ。

アメリカ女には、もう用はないというところだろう。ジェイミーは期待されていた役目を果たしたのだ。

男性を死に誘い寄せる役目だ。

怒濤のような時の流れが、またゆっくりになった。

ジェイミーは窓辺に立ったまま、ステファノの姿を思い描いた。裁判所の階段を駆け下りる彼を特別班のメンバーが追うところ。そのメンバーのひとりは裏切り者だ。彼が車に乗り、大きな音を立ててドアが閉まる。タイヤ痕《あと》が路面につくぐらい、猛スピードで車が発進する……

そのあと、祖父のことを思う。痛めつけられた体で、どこかにいるおじいちゃん。血を流し、このまま放置すればやがて死ぬ……

何を思い描いても、ジェイミーにはどうすることもできない。ただこのまま待つだけ。ひたすら。

普段なら、この近辺は七時頃には活気づく。仕事に向かう男女、通学の子どもたち、表の通りの交通量も増える。今日はなぜだか、すべてが静かだ。

待っているあいだは、何か考えようとしても無理だった。感じることしかできない。恐怖、激しい怒り、絶望、そして、ほんのわずかだが、希望。

頭上をまたヘリコプターが通過する。機影が見えなくなると、静寂がいっそう強調された。

そして、そのとき——

どかーん!

爆発は、ごく近いところで起きたらしく、窓ガラスが振動した。すぐに銃声が響く。立て続けに銃が発射されている。銃撃戦になっているのだ。しばらくして、また静寂が訪れた。

これまでと変わったところと言えば、三ブロック向こうで立ち昇る煙だけ。

ジェイミーは何も考えず、いや何も考えられず、ただそこに向かって駆け出した。あそこに行って、何が起きたのかを自分の目で確かめなければ。どうしても。あっという間にドアを飛び出し、階段を下り、路地を走っていた。

動物的な勘で、どこに向かえばいいのかはわかった。煙が立ち昇るところだ。近づくにつれ臭《にお》いも感じる。暴力と死を感じさせる、恐ろしい臭いだ。本能的に右に折れると、ジェイミーは懸命に走り始めた。

＊＊＊

「ばかなやつめ」ブザンカがそう言いながら、サルバトーレ・セラの死体を足先でこづく。他にも二名の死体があった。セラは銃を持っていたが、彼を含めて三名しかいなかった。そこを二十名の警察部隊に囲まれたのだから、勝ち目はなかった。

「まったく、愚かなやつだ」ステファノも同感で、セラの遺体を蹴《け》り上げたくてたまらなかった。だが、鑑識の連中がもうすぐ来るし、あれこれ説明しなければならない。

「もう、やぶれかぶれになってたんだろう」

　ステファノはセラの潜伏先を突き止める寸前のところまで来ていた。十回生まれ変わってもまだ足りないぐらいの刑期を言い渡せるよう、たくさんの罪状を並べた上で起訴する予定だった。イタリアには死刑はないが、主にマフィア組織の人間を収監するラ・マッデレーナの刑務所は、かつてのアルカトラズ島よりも恐ろしいところだ。

　広場の反対側で、ロメレ刑事が頭を押さえられ、警察車両に乗せられていく。ステファノはブザンカを肘で突いた。「ほら、あそこにもばかなやつがいるぞ」

ブザンカは言葉にならないうめき声を漏らした。彼は部下であったロメレに対して怒り狂っている。ステファノにはそれもわかっていた。ロメレは一万ユーロの報酬を受け取って、セラに情報を漏らしていたのだ。ステファノがジェイミーとのスカイプでのやり取りを終えたあとすぐ、ロメレはセラに連絡しようとした。そこを捕らえられたのだ。ロメレも長期刑を受けるだろう。終身刑にはならないだろうが、出所したときには、かなりの老人になっているはずだ。

びゅっと風が吹き、弾薬の刺激臭とゴムの焼けた臭いを強烈に感じた。マフィアがテロリストと手を組んだ、という噂が流れ、ステファノも爆発物で攻撃される可能性を考え始めていたところだった。即製爆弾はテロリストがしょっちゅう使う武器だ。通常の即製爆弾は、通過車両を爆破する目的で設置され、圧力がかかれば爆発する地雷型の起爆装置を持つ。ステファノが幸運だったのは、セラが元々金を持っていたことだった。さらに目新しいものが大好きなので、セラは従来型の起爆装置を使わなかった。圧力起爆装置が使われていたら、ステファノは特別班のメンバーを道連れにあの世に行っていたかもしれない。

資金力があったセラは、電子起爆装置を使い、自分で確実に起爆させようとした。夜明路上駐車した車の中で、ステファノの車が通りすぎるのを待ち構えていたのだ。

けからずっと同じ場所に陣取り、いちどだけ用を足すために車の外に出る姿もヘリコプターのカメラから確認されている。これだけでも、殺人未遂罪の動かぬ証拠となる。さらに恐喝を含め、今回だけで五つの異なる犯罪行為が確認できている。

セラの計画に対して、完璧な対抗策が講じられた。アメリカの友人たちから贈られた、遠くにある爆発物を電子信号で起爆できる装置だ。ステファノを乗せた車は車列を組み、サイレンを響かせてこの通りに入ると、セラが爆発物を置いた五十メートル手前で停止した。そこでステファノは爆発物を起爆したのだ。

爆発は派手な音をともない、近所の窓ガラスが数枚壊れた。一分後、オレンジ色の炎が黒く油っぽい煙に変わると、セラが手下の者たちと車から降り、警戒しながら煙へと近づいた。ばらばらになった車の破片と、肉片を期待していたのだろう。

そこでブザンカが拡声器を使って、武器を棄てて降服しろ、と叫んだ。すると愚かな犯罪者たちは発砲を始めたのだ。

ステファノの携帯電話が鳴った。着信画面を見ると、アメリカ発信、見慣れた番号からだった。

「はい」

「彼の身柄は確保したぞ、ステファノ」

ほっとして、ステファノの体から力が抜けそうになった。ああ、よかった。ステファノは親戚《しんせき》でもある友人のアメリカ人、ＦＢＩのアル・ベルトルッチ捜査官に連絡しておいたのだ。ジェイミーが送ってきたノリス教授の写真にはジオタグが付いたままで、撮影地の緯度と経度が誤差一メートル以内のピンポイントでわかった。「かわいそうに、教授はノースエンドの無人ビルの地下にとらえられていた。だが、うちの人質救出チームは優秀だからね。今、マサチューセッツ総合病院に搬送されている最中だ」

「大丈夫そうか？」

「確認する」かすかに話し声が聞こえたあと、アルがまた電話口に戻った。「かなり弱っているが、救急隊員の話では、命に別状はないそうだ。だが、危ないところだったらしい。教授を暴行していた男を二人逮捕した。かなりの重罪に問われるだろうな」

「よし。また何かあったら知らせてくれ」

「ああ、必ず」

ステファノは電話を切ると、深く息を吸って天を仰いだ。三年ぶりの自由の空気は煙とゴムとガソリンの臭いがした。ああ、いい匂《にお》いだ、と彼は思った。

これで自由になったのだ。

ミラノへの転勤辞令はすでに机の上にある。実は数ヶ月前から、すぐにでもミラノに戻って来いと言われていた。ただ、セラの裁判を見届けたい気持ちがあった。ところがセラ自身がこの問題を解決してくれた。警察部隊と撃ち合いをするなど、まさに自殺行為だ。セラは覚悟の上で、死ぬ気だったのかもしれない。

つまり、ステファノはもう自由の身だ。前に進める。ジェイミーと一緒に、人生を前に……

「あの」ブザンカがステファノの脇腹を突く。ステファノは空に向けていた顔を下ろし、忠実でいてくれた友人を見た。「正面に、検事の大切な人が……」

ああ、ジェイミー。氷のように真っ青になった美しい顔立ちが涙に濡れている。通りを走ってまっすぐにステファノのほうに向かって来る。彼女こそ命の恩人だ。

俺の女だ。

しかし、こんなことをしてはいけない。彼女はまだ、危険は去ったと知らないはずだ。爆発と銃撃戦があったとしかわかっていないような場所に走って来るとは！　家で待っているべきだ。ステファノなら、すぐに彼女のところへ行くのに。だから――

しかし、ステファノの頭は何も考えられなくなっていた。彼女が自分の胸に飛び込んで来たからだ。泣きじゃくる彼女を抱き、ステファノはキスをした。唇を重ねていなければ死んでしまう、とさえ思った。

ジェイミーは少し体を離し、彼の体をあちこち叩いて確認する。最後に顔に手を添えて言った。「無事だったのね」

ステファノは彼女の手を取り、唇に運んだ。「ああ、ダーリン。君のおかげだ。君が俺の命を救ってくれたんだ」

ジェイミーが鋭くかぶりを振った。「あなたは無事だった」同じ言葉をつぶやく。他にも無事だった人がいることを、彼女にも伝えてあげなければ。

そう思ったステファノはキスするために体を近づけた。「君のおじいさんも、無事だよ。さっきFBIが突入して、ノリス教授を救出した。もう病院に着いている頃だ」

「ああ！」もともと蒼白《そうはく》だったジェイミーの顔から、完全に血の気が消え、膝からも力が抜けていった。ステファノは慌てて彼女を抱きかかえた。俺の女だ。勇敢で気丈なジェイミー。

ステファノは彼女をしっかりと抱き寄せたまま、その場から動かずにいた。そのうち鑑識班の車が到着し、そこから大勢の鑑識課の職員が姿を現わした。立ち入り禁止のテープが張られるあいだも、ステファノはそこにじっとしていた。上空をさらに多くのヘリコプターが飛び、メディアの人たちがテープの向こうから声を上げ始めた。それでもステファノは、彼女を抱いたままその場に立っていた。

やがてジェイミーの意識が戻り、ステファノから体を離した。いくぶん彼女の顔にも血の色が戻っていた。彼女はステファノの頬に手を添え、指で彼の顔を口元へとなぞった。「おじいちゃんのところに帰るわ。おじいちゃんのそばにいてあげないと」

「そうだな」ステファノは笑顔で彼女を見下ろした。「でも、俺のところに戻って来てくれるよな」

彼女が笑みを返す。ステファノだけのためのまぶしい笑顔だった。

「ええ」彼女が背伸びをして、軽く口づけしてくる。「もちろんよ。必ずあなたのところに戻る」

訳者あとがき

これぞリサ・マリー・ライス！『シチリアの獅子に抱かれて』は中編ながら、LMR的要素のすべてがいっぱいに散りばめられた作品となりました。また、通訳・翻訳家としてイタリアに暮らしイタリアを愛する彼女ならではの文化や社会背景の描写が随所にみられます。

物語の中心には、マフィア撲滅のために闘う検事が存在しますが、この「検事」についての補足を。原文ではｊｕｄｇｅとなっており、本来であれば「判事」と訳すところですが、職責などを考慮して「検事」としました。イタリアの司法制度における〝ジウディィチェ〟つまり判事《ジャッジ》は、日本における裁判官、または判事というものとは異なり、どちらかというと検事、または検察庁の刑事部長にあたる職務をまかされることのほうが多いようです。なお、本作品のヒーローは実在したパレルモのジウディィチェをモデルにしたようなところがあり、その実在のジウディィチェの日本での訳語も

「判事」「予審判事」「検事」などとさまざまになっています。

そのモデルでもあるジョバンニ・ファルコーネ氏について。彼はシチリアのパレルモ出身のジウディチェで、一九八〇年代の中頃、故郷パレルモからのマフィア撲滅作戦を開始します。そんなことは不可能だろうと思っていたおおよその思惑をよそに、シチリアを本拠とする『コーザ・ノストラ』系マフィア組織の中から多くの逮捕者、さらには有罪判決を受ける者が出て、少なくとも『コーザ・ノストラ』の力をそぐことには、彼の仕事がめざましい成果を上げたとされています（ただし、そのせいで『ンドランゲタ』など他の組織が発展したとも言われます）。ファルコーネ氏はその後ローマの法務省勤務などを経て出世していきますが、本作品で描かれたような車に仕掛けた爆発物を遠隔装置によって作動させる暗殺未遂事件を何度も経験します。そしてついに一九九二年、ファルコーネ夫人、そして彼と常に行動をともにしていた三名の護衛警察官（ブザンカたちを思わせます）もろとも、車ごと吹き飛ばされ亡くなっています。

まったくの余談で、あくまで噂ではありますが、のちにイタリア首相となってありとあらゆるスキャンダルで世界を騒がせるようになった方の意向が、このファルコーネ暗殺事件に影響したらしいという話もあったようです。実はこの大物実業家でもある元首相は出版社も所有しており、そのひとつが世界的ロマンス小説のレーベルをイタリア国内で出版しています。また、ロマンス小説の表紙写真はゲッティ・イメージズという画像エージェントのものを使うことも多いのですが、こちらは元々石油王として知られるゲッティ家のひとりが設立した会社で、その一族の御曹司がイタリアで『ンドランゲタ』に誘拐され、多額の身代金を要求されたことがあります。（しかもケチで有名だった当時のゲッティ家当主が、支払いを拒否した）ことがあります。そういったあれやこれやを思い出し、何だか、ロマンス小説の現実と幻想が少しだけ交錯している感じを受けたりもしました。

さて、リサ・マリー・ライスに関する朗報があります。二〇一四年以降、なんとあのミッドナイト・シリーズの続編が本国で次々に刊行されているのです。『真夜中の男』以来のファンの方にはこれ以上ないごほうびといえるでしょう。

近々、その新〈真夜中〉シリーズの第一話と第二話を扶桑社からお届けできる見込みとなりました。本国での人気もますます高くなり、最新版の第六話は特に評判がいいようです。さらにこの秋には第七話も出版予定となっています。また、その間に、これまでのヒーローとヒロインのその後を描いた短編も何作か出版されており、『真夜中の天使』のアレグラとコワルスキの後日譚もあります。

今後の扶桑社からの刊行予定をぜひチェックしていてくださいね。

◉訳者紹介　上中 京（かみなか　みやこ）
関西学院大学文学部英文科卒業。英米文学翻訳家。
訳書にライス『真夜中の男』他シリーズ三作、ジェフリーズ『誘惑のルール』他〈淑女たちの修養学校〉シリーズ全八作、『ストーンヴィル侯爵の真実』『切り札は愛の言葉』他〈ヘリオン〉シリーズ全五作（以上、扶桑社ロマンス）、パトニー『盗まれた魔法』、ブロックマン『この想いはただ苦しくて』（以上、武田ランダムハウスジャパン）など。

シチリアの獅子に抱かれて

発行日　2015年9月10日　初版第1刷発行

著　者　リサ・マリー・ライス
訳　者　上中 京

発行者　久保田榮一
発行所　株式会社 扶桑社
〒105-8070
東京都港区芝浦1-1-1　浜松町ビルディング
電話　03-6368-8870(編集)
03-6368-8858(販売)
03-6368-8859(読者係)
http://www.fusosha.co.jp/

印刷・製本　図書印刷株式会社

Printed in Japan
ISBN978-4-594-07330-5 C0197